LE FAUCON MALTÉ

Anthony Horowitz

LE FAUCON MALTÉ

Traduit de l'anglais
par Annick Le Goyat

Illustrations :
Marc Daniau

L'édition originale de cet ouvrage
a paru en langue anglaise
sous le titre :
THE FALCON'S MALTESER

1

Le paquet

On sollicite rarement les services d'un détective privé dans le quartier de Fulham.

Le jour où cette histoire débuta était un mauvais jour. Les affaires étaient si molles que tout s'écroulait autour de nous. Le matin même, on venait de nous couper le gaz, et l'électricité n'allait pas tarder à suivre. Nos provisions s'épuisaient, les gens du supermarché d'en bas s'étaient effondrés de rire quand je leur avais suggéré de payer à crédit et il nous restait deux livres et trente-sept pence ainsi que trois cuillers de café instantané pour passer le week-end. Le papier mural pelait, les tapis s'effrangeaient, quant aux rideaux... eh bien, ils nous servaient de rideaux. Même les cafards nous abandonnaient.

J'étais justement en train de me demander si le temps n'était pas venu pour moi d'agir de façon constructive, comme de faire ma valise pour rejoindre mes parents, lorsque la porte s'ouvrit devant le nain.

Bien entendu, j'avais déjà vu des nains au cirque ou à la télévision, et je me rappelais les aventures de sept d'entre eux dans un livre que j'avais lu un jour. Vous savez, celui qui raconte l'histoire d'une princesse dans la forêt. Mais me trouver brusquement nez à nez avec un nain en chair et en os me causa un choc. Quand je dis « nez à nez » c'est une façon de parler car, malgré mes treize ans, je le dépassais déjà d'une bonne tête.

Je lui donnai environ quarante ans, bien qu'il fût difficile d'évaluer l'âge d'un homme de cette taille. Il était petit, sombre, avec des yeux bruns et un nez retroussé. Il portait un costume trois-pièces, dont chacune provenait manifestement de trois costumes différents, comme s'il s'était habillé à la hâte, et ses chaussettes n'étaient pas mieux assorties. Une moustache fine couronnait sa lèvre supérieure, ses cheveux noirs étaient plaqués en arrière comme s'il les avait enduits d'un plein baril d'huile. Un

nœud papillon à pois et une bague en or clinquante parachevaient le tableau. Un tableau bien étrange.

« Entrez, monsieur..., commença mon frère.

— Naples, compléta le nain qui n'avait pas attendu son invitation pour pénétrer dans le bureau. Johnny Naples. Vous êtes Tim Diamant ?

— C'est moi », mentit mon frère.

Son vrai nom est Herbert Timothy Simple, mais il avait choisi ce pseudonyme qu'il trouvait plus conforme à son image.

« Que puis-je pour vous, monsieur Venise ?

— Naples », corrigea le nain.

Son nom évoquait l'Italie mais il s'exprimait avec un accent sud-américain. Il se hissa sur une chaise face à mon frère, le nez au ras du bureau, et Herbert écarta une pile de dossiers pour lui dégager la vue. Le nain ouvrit la bouche pour parler, puis se ravisa en se tournant vers moi.

« Qui est-ce ? questionna-t-il avec un raclement de gorge.

— Lui ? Juste mon petit frère. Ne vous souciez pas de lui, monsieur Nacles. Expliquez-moi en quoi je peux vous aider. »

Naples posa une main soigneusement manucurée sur le bureau. Seules ses initiales, J.N., étaient gravées sur le chaton de la bague mais il aurait pu tout aussi bien y inscrire son nom entier et son adresse, tant elle était grosse.

« Je souhaite effectuer un dépôt chez vous, expliqua-t-il enfin.

— Un dépôt ? » répéta inutilement Herbert.

Le nain avait un lourd accent, mais certainement pas aussi lourd que l'esprit de mon frère.

« Vous voulez dire... comme dans une banque ? » poursuivit-il brillamment.

Le nain leva les yeux au plafond, s'attarda sur une fissure dans le plâtre, puis revint à nouveau à Herbert en soupirant.

« C'est un paquet que je veux déposer, précisa-t-il sèchement. Il est de la plus haute importance que vous le gardiez, mais vous ne devez l'ouvrir en aucun cas. Juste le conserver précieusement chez vous.

— Combien de temps ? »

Cette fois, les yeux du nain filèrent vers la fenêtre qui donnait sur la rue. Il déglutit péniblement et desserra son nœud papillon. Je compris alors qu'il avait peur de quelque chose ou de quelqu'un.

« Je ne sais pas. Peut-être une semaine. Je reviendrai le chercher... dès que je pourrai. De toute façon, vous ne le remettrez à personne d'autre que moi. C'est bien compris ? »

Naples sortit un paquet de cigarettes turques, en alluma une, puis observa un instant les volutes de fumée. Mon frère jeta un chewing-gum en direction de sa bouche, rata son but, et le chewing-gum disparut derrière son épaule.

« De quel paquet s'agit-il ? questionna-t-il.

— C'est mon affaire.

— D'accord. Alors, parlons de la mienne, répliqua Herbert en décochant à son client un de ses sourires "pas-de-blague-avec-moi" qui lui donnaient la mine menaçante d'une vache souffrant de maux d'estomac. Je ne suis pas bon marché. Si vous cherchez un détective privé bon marché, adressez-vous au cimetière ! Vous voulez que je veille sur votre paquet ? Cela vous coûtera cher. »

Le nain plongea la main dans la poche de sa veste pour en extraire la chose la plus agréable que j'avais vue de toute la semaine : vingt portraits bleus de Sa Majesté la reine. En d'autres termes, une liasse de vingt billets de cinq livres sterling tout neufs et craquants.

« Voici cent livres, compta le nain.

— Cent ? s'étrangla Herbert.

— Et vous en gagnerez cent autres quand je reviendrai chercher le paquet. C'est suffisant, il me semble. »

Mon frère hocha la tête, une grimace débile sur la figure qui le faisait ressembler à ces fétiches en peluche que l'on pose sur la plage arrière des voitures.

Le nain écrasa sa cigarette à demi consumée puis sauta de sa chaise avant d'extraire de sa poche une enveloppe brune qu'il déposa sur le bureau. Le paquet était épais, avec un renflement rectangulaire au milieu.

« Voilà le colis que je vous confie, monsieur Diamant. Je vous demande de veiller sur lui au péril de votre vie et, quoi qu'il advienne, de ne pas l'ouvrir.

— Vous pouvez vous fier à moi, monsieur Niples, votre paquet se trouve dans des mains sûres, lui affirma Herbert en tendant la sienne pour illustrer son propos et en renversant sa tasse de café par la même occasion. Où puis-je vous joindre, en cas de besoin ?

— Vous ne me joindrez pas, glapit le nain. C'est moi qui vous contacterai.

— Bon, bon... Inutile de vous froisser ! »

Ce fut alors qu'une voiture pétarada dans la rue. Le nain sembla s'évaporer. En une fraction de seconde, il se jeta à plat ventre sous le bureau, une main sous sa veste. Ce qu'il serrait dans son poing n'était pas une liasse de billets.

Pendant une minute, personne ne bougea, puis Naples rampa vers la fenêtre pour risquer un coup d'œil dehors en prenant soin de rester dissimulé. Pour ce faire, il lui fallut se dresser sur la pointe des pieds, les mains accrochées à l'appui de fenêtre, le visage pressé contre la vitre. Lorsqu'il s'écarta, une trace graisseuse tachait le carreau. Sueur et gomina.

« Je reviendrai dans une semaine, lança-t-il en se précipitant vers la porte aussi vite que le lui permettaient ses jambes, c'est-à-dire pas très vite compte tenu de leur taille. Veillez sur ce paquet au péril de votre vie, monsieur Diamant. Au péril de votre vie ! »

Et il disparut.

Mon frère jubilait.

« Cent livres pour garder une enveloppe ! C'est mon jour de chance. La meilleure affaire de l'année !... Je me demande ce qu'elle renferme. Peu importe, ce n'est pas notre problème. »

C'était ce que croyait Herbert. Pour ma part, j'en étais moins sûr, et cela depuis le début. Comprenez-moi bien : cent livres c'est cent livres. Pour dépenser une telle somme, il faut avoir une bonne raison, et je me rappelais l'expression terrifiée de Johnny Naples lorsque la voiture avait pétaradé. C'était un tout petit bonhomme, mais il semblait redouter de très gros ennuis.

Des ennuis dont je n'allais pas tarder à mesurer l'ampleur.

2

Tim Diamant & Compagnie

Les cent livres durèrent une demi-journée. Ce fut une excellente demi-journée. Elle commença par une expédition à la brasserie du coin : œufs, saucisses, double ration de frites et pain grillé, mais pas de haricots. Les haricots ayant constitué l'essentiel de notre alimentation pendant la semaine, j'avais fini par en faire des cauchemars.

Après cela, Herbert passa une annonce dans le journal du quartier pour recruter une femme de ménage. C'était de la folie car nous n'avions pas les moyens de nous offrir ce luxe mais, d'un autre côté, l'état de notre appartement justifiait largement cette dépense somptuaire. De la poussière partout, des piles d'assiettes sales dans l'évier, de vieilles chaussettes éparpillées sur les tapis de la chambre jusqu'à la porte d'entrée, comme si elles cherchaient à rejoindre la laverie par leurs propres moyens.

Ensuite, nous montâmes dans un bus en direction des beaux quartiers de Londres pour effectuer quelques achats : une veste neuve en prévision du prochain trimestre du collège pour moi, un Thermolactyl et une bouillotte pour Herbert. Tout cela nous laissa juste de quoi nous offrir deux billets de cinéma pour voir *E.T.* Herbert pleura tout au long du film, y compris pendant les publicités. Mon frère est un tendre.

Cela doit vous paraître étrange, deux frères menant ce mode de vie. Nous habitions ensemble depuis deux ans, depuis que nos parents avaient subitement décidé d'émigrer en Australie, alors qu'Herbert avait vingt-huit ans, et moi onze.

Avec nos parents, nous vivions dans une confortable maison d'un quartier agréable de Londres. Mon père faisait du porte-à-porte. Ou, plus exactement, mon père vendait des portes : portes fantaisie à la française, ou portes anglaises traditionnelles en acajou véritable fabriquées en Corée. Il adorait les portes. Notre maison était la seule du voisinage à compter dix-sept entrées. Quant à maman, elle travaillait à mi-temps chez un marchand d'animaux. Ce fut après qu'une perruche enragée l'eut mordue qu'ils décidèrent d'émigrer. Personnellement, l'idée ne m'enchantait pas mais, bien entendu, personne ne me demanda mon avis. Vous savez comment se comportent certains parents avec leurs enfants. Je ne pouvais même pas éternuer sans une autorisation signée en deux exemplaires.

Ni Herbert ni moi ne nous entendions avec nos parents. C'était d'ailleurs l'un de nos deux uniques points communs, le second étant que nous ne nous entendions pas ensemble. À l'époque, mon frère venait juste d'entrer dans la police, il pouvait donc plus ou moins se débrouiller seul. Pour ma part, je disposais d'autant d'autonomie qu'une table à thé.

« Tu adoreras l'Australie, m'assurait mon père. Il y a des kangourous.

— Et des boomerangs ! renchérissait ma mère.

— Et de magnifiques portes en bois d'érable...

— Et des koalas...

— Je n'irai pas ! déclarai-je.

— Si ! »

La discussion s'acheva là.

Cependant, je n'allai pas plus loin que l'aéroport d'Heathrow. Au moment où l'on fermait les portes de l'avion en partance pour Sydney, je m'esquivai par l'arrière, me faufilai dans les bâtiments de l'aéroport, et revins seul à Fulham. Il paraît que ma mère piqua une crise de nerfs au-dessus de Bangkok, mais il était trop tard.

À ce moment-là, Herbert en avait déjà fini avec la police ou, plus exactement, la police en avait déjà fini avec lui. On l'avait congédié pour avoir laissé entrer quelqu'un dans une banque. Ce n'était évidemment pas sa faute si ce quelqu'un avait dévalisé ladite banque, mais il n'aurait pas dû tenir la porte ouverte quand le voleur était ressorti. Il avait tout de même eu le temps d'économiser un peu d'argent et loué un logement dans Fulham Road, au-dessus d'un supermarché, avec la ferme intention de s'établir comme détective privé. C'était en tout cas ce qu'annonçait la plaque sur la porte :

TIM DIAMANT & COMPAGNIE
DÉTECTIVE PRIVÉ

(Précisons que la seule compagnie qu'il eût fut la mienne). Son bureau consistait en une longue pièce, au premier étage, éclairée par quatre fenêtres donnant sur la rue. De là, on passait dans la cuisine. L'escalier continuait jusqu'au second étage où nous disposions chacun d'une chambre, avec une salle de bains commune. Herbert avait marchandé le loyer au prix d'un appartement de sous-sol, probablement parce que la vétusté de l'immeuble était telle qu'il menaçait précisément de s'effondrer jusqu'au soubassement. L'escalier branlait dès qu'on posait le pied sur une marche et la baignoire se mettait à tanguer quand on ouvrait le robinet. On ne voyait jamais le propriétaire, sans doute parce qu'il craignait de s'approcher trop près de l'immeuble.

Brun aux yeux bleus, Herbert était réellement beau, du moins de loin, mais ce que Dieu lui avait accordé au physique, Il le lui avait retiré en intelligence. Il existe peut-être des détectives privés pires que Tim Diamant, mais j'en doute. Je vais vous donner un exemple : la première affaire d'Herbert avait consisté à retrouver le pedigree du chat siamois d'une lady, et il n'avait rien trouvé de mieux que de le rédiger lui-même. La seconde avait été un cas de divorce. Affaire banale, penserez-vous, mais considérez que les clients étaient parfaitement heureux en ménage avant l'intervention de mon frère.

Il n'y avait pas eu de troisième affaire.

Bref, Herbert n'avait pas sauté de joie en me voyant revenir seul de l'aéroport, portant pour tout bagage un fourre-tout qui ne contenait rien. Mais où pouvais-je aller, sinon chez lui ? Nous nous disputâmes. Je lui expliquai qu'il s'agissait d'un fait accompli. Nous nous disputâmes encore. Je lui expliquai ce qu'était un fait accompli. Il me laissa rester.

Notez bien, je me suis souvent demandé si j'avais pris la bonne décision. Ainsi, j'aime manger au moins un vrai repas par jour et non me contenter d'une demi-boîte de conserve, et je vous assure qu'il n'y a rien d'agréable à aborder le premier trimestre et l'hiver avec les vêtements dans lesquels vous avez grandi l'été précédent et des chaussettes aussi trouées que du fromage suisse. Nous ne pouvions rien nous permettre. Le gouvernement de Sa Majesté nous aidait un peu (au titre de l'allocation chômage, inutile de le préciser), et mes parents nous envoyaient occasionnellement un chèque pour mon entretien. Malgré cela, Herbert n'arrivait pas à joindre les deux bouts. J'avais beau essayer de le persuader de chercher un emploi raisonnable, c'est-à-dire tout sauf celui d'enquêteur, mes tentatives restaient désespérées. Aussi désespérées qu'Herbert lui-même.

Quoi qu'il en soit, ce jour-là, nous rentrâmes à la maison vers onze heures du soir. Alors que nous arrivions au deuxième étage, Herbert s'arrêta brutalement.

« Une minute, Nick. Est-ce toi qui as laissé la porte du bureau ouverte avant de partir ?

— Non.

— C'est bizarre. »

Il avait raison, la porte était ouverte. Nous revînmes sur nos pas et j'allumai la lumière.

« Oh, mon Dieu ! s'exclama Herbert. Nous avons eu de la visite ! »

C'était peu dire. Un troupeau de taureaux sauvages aurait laissé les lieux en meilleur état. Le bureau était éventré, les tapis retournés, les étagères effondrées, les rideaux arrachés, le vieux classeur de bois déchiqueté en si menus morceaux qu'ils auraient tenu dans une boîte d'allumettes. Même le téléphone avait été mis en pièces. Le visiteur avait accompli un travail minutieux et réduit le mobilier à un tas de confettis qui auraient pu alimenter toute une fête de mariage.

« Oh, mon Dieu ! » répéta Herbert en faisant un

pas au milieu du carnage pour ramasser ce qui avait été un cactus.

Puis, brusquement, il laissa retomber sa mâchoire en même temps que la pauvre plante.

« L'enveloppe ! hurla-t-il en se jetant sur les débris de son bureau. Je l'avais laissée là ! Elle n'y est plus ! Mon Dieu ! Mon premier travail depuis des mois et je l'ai déjà perdu. Tu comprends ce que cela signifie, Nick ? Nous n'aurons pas les cent autres livres et je devrai probablement rembourser les cent que nous avons déjà dépensées. Quel désastre ! Quelle catastrophe ! Je me demande pourquoi je me donne du mal ! Vraiment, c'est trop injuste. »

Il lança un coup de pied rageur contre son bureau, grogna, puis s'affaissa au sol comme un petit tas.

« Ne reste pas planté là ! reprit-il avec un regard mauvais.

— Que veux-tu que je fasse ?

— Eh bien... dis quelque chose !

— D'accord, répondis-je. Vois-tu, Herbert, je ne trouvais pas que c'était une bonne idée de laisser le paquet sur ton bureau...

— Il est trop tard pour me le reprocher, grimaça-t-il, avec le visage crispé d'un enfant sur le point de fondre en larmes.

— Je ne pensais pas que c'était une bonne idée, alors je l'ai emporté avec moi », poursuivis-je en tirant l'enveloppe de ma poche où elle était restée tout l'après-midi.

Mon frère se releva d'un bond pour me déposer un gros baiser humide sur le front, mais il ne songea même pas à me remercier.

3

Le Gros

Cette nuit-là, nous ne dormîmes pas longtemps. D'abord, il nous fallut faire nos lits, et je ne parle pas seulement des draps. L'intrus qui avait dévasté le bureau avait également saccagé le reste de l'appartement. Une quarantaine de clous et deux tubes de Super Glue nous furent nécessaires pour rendre nos lits reconnaissables. Herbert s'arrangea pour se coller la main à une poignée de porte, ce qui nécessita une heure supplémentaire pour le libérer. À ce moment-là, il faisait déjà jour et j'étais trop épuisé pour m'endormir. Herbert m'envoya acheter du pain pendant qu'il mettait l'eau à chauffer pour le thé. Les vandales avaient miraculeusement épargné la bouilloire.

Du courrier m'attendait sur le paillasson. Je le rapportai avec le pain. Il y avait trois enveloppes : une facture, une lettre portant le tampon de Sydney, Australie, et une enveloppe sans timbre, probablement déposée par porteur. Herbert jeta la facture à la corbeille pendant que je décachetais la lettre d'Australie.

Chers Herbert et Nicky,

Juste quelques lignes avant que papa et moi partions rejoindre des amis pour un barbecue. Tout le monde possède un barbecue, en Australie. Le temps est splendide. Vous devriez vraiment venir.

J'espère que vous allez bien. Vous nous manquez beaucoup. Avez-vous déjà résolu quelques affaires criminelles ? Il doit faire un froid terrible, en Angleterre, alors couvrez-vous bien. Je sais que cela vous fait rire, mais une pneumonie n'est pas une plaisanterie. Je joins un petit chèque pour vous acheter des vêtements chauds.

Je dois vous quitter. Papa m'attend à la porte. Il vient justement d'en acheter une nouvelle.

Je vous écrirai bientôt. Baisers. Maman.

Elle avait écrit au dos d'une carte postale représentant l'Opéra de Sydney, à laquelle était accroché un chèque de soixante-dix livres. Ce n'était pas une fortune mais cela nous paierait quelques tubes de Super Glue. Herbert empocha le chèque, je gardai la carte.

La troisième lettre était plus intéressante. Elle était tapée à la machine sur une simple feuille de papier sans en-tête. La feuille était grande, le message court :

DIAMANT.
TRAFALGAR SQUARE. Une heure. Soyez là.
LE GROS.

« Qui est "LE GROS" ? questionnai-je.

— Le Gros », murmura Herbert.

Son visage avait viré au blanc sale et sa bouche pendait, grande ouverte. La dernière fois que je lui avais vu cette expression, il venait de découvrir une araignée dans la baignoire.

« Qui est-ce ? » insistai-je.

Herbert torturait si fort la lettre qu'il finit par la déchirer en deux.

« Le Gros est le plus grand criminel du pays, croassa-t-il.

— Tu veux dire le plus gros ?

— Non, le plus grand. Il est impliqué dans toutes les affaires criminelles : cambriolages, vols à main armée, fraudes, incendies, agressions.

— Comment le connais-tu ?

— Depuis que j'ai travaillé dans la police. À Scotland Yard, chaque truand a une fiche de renseignements. Pour le Gros, il faut des rayonnages entiers ! Il est très intelligent, personne n'a réussi à l'arrêter. Pas une fois. Un jour, une contractuelle s'est permis de lui donner une contravention. On l'a retrouvée une semaine plus tard, morte, coulée dans une dalle de béton de l'autoroute. Personne ne se brouille avec le Gros. Il est la mort en personne. »

Herbert s'efforçait de réunir les morceaux déchirés de la lettre comme si elle allait miraculeusement se recoller. Pour ma part, j'étais plus intrigué qu'effrayé. Que pouvait vouloir ce maître du crime à ce pauvre Herbert ? Son intérêt soudain ne pouvait s'expliquer que par le mystérieux paquet du nain. Par ailleurs, je doutais qu'il fût l'auteur de la mise à sac de l'appartement. On ne détruit pas le logement de quelqu'un pour l'inviter ensuite à un rendez-vous à Trafalgar Square. Mais, si ce n'était pas le Gros, qui d'autre nous avait cambriolés ?

« Qu'allons-nous faire, Herbert ? »

Mon frère me regarda comme si j'étais devenu fou.

« Aller au rendez-vous, bien sûr ! Si le Gros t'ordonne de sauter sous le métro, tu ne discutes pas. Tu sautes, ravi qu'il te l'ait demandé gentiment. »

Ainsi donc, en fin de matinée, nous prîmes le bus en direction de Trafalgar Square. Cette fois, je laissai le paquet soigneusement caché dans l'appartement. On l'avait fouillé une fois, j'en concluais que personne ne recommencerait de sitôt.

« Comment reconnaîtrons-nous le Gros ?

— J'ai vu son portrait, grimaça Herbert.

— Dans une bande dessinée ? »

Herbert n'esquissa même pas un sourire. Vous lui auriez chatouillé la plante des pieds avec une plume d'autruche qu'il n'aurait pas réagi. Il avait bien trop peur. C'est à peine s'il pouvait parler. Il se contenta de mâchonner les tickets de bus et finit par les avaler.

L'autobus nous laissa à Piccadilly Circus et nous terminâmes le chemin à pied. Il faisait encore une de ces journées glaciales où le froid vous mord la peau. Bien que la saison touristique se fût déjà achevée depuis plusieurs semaines, quelques attardés continuaient de se faire photographier sous le ciel gris de décembre. Les décorations de Noël fleurissaient dans Regent Street et les magasins se paraient de guirlandes et de cheveux d'ange. Une fanfare de l'Armée du Salut jouait *Là-bas dans la crèche*. À mon avis, une marche funèbre eût été plus appropriée.

Trafalgar Square est une vaste place. Le Gros n'ayant pas précisé le lieu exact du rendez-vous, nous nous postâmes en plein milieu, sous la colonne Nelson. Une échoppe vendait des graines que quelques rares passants achetaient pour jeter aux pigeons. Je m'en procurai un paquet, mais pour mon propre usage : dans l'excitation de la matinée, j'avais complètement oublié de prendre mon petit déjeuner.

Taxis, autobus, voitures, camions grondaient tout autour de nous. Je m'adossai contre la statue d'un lion pour guetter tous les obèses qui passaient. Un pigeon atterrit sur mon épaule pour quémander quelques graines. Big Ben sonna une heure.

« Le voilà », annonça Herbert d'une voix étranglée.

Je ne remarquai pas tout de suite le Gros, plus exactement je le vis sans le voir. Une Rolls Royce s'était garée dans un virage, le long du trottoir, indifférente aux coups de Klaxon outrés des autres voitures. Un chauffeur en descendit et fit le tour pour ouvrir la portière arrière à l'homme le plus maigre que j'aie jamais rencontré. Si maigre qu'on aurait cru un squelette ambulant. Ses vêtements, un coûteux costume italien sous un élégant manteau bordé de fourrure, pendaient sur lui comme un sac. Même ses bagues semblaient vouloir s'échapper de ses doigts osseux et il les ajustait tout en marchant pour éviter de les perdre.

« C'est lui, le Gros ?

— Il a maigri », constata Herbert en acquiesçant de la tête.

L'homme s'arrêta devant nous en oscillant légèrement sur ses pieds comme si le vent menaçait de le souffler. De près, il était encore plus étrange : joues creuses, orbites creuses, ventre creux. Il ressemblait à un tambour dont la peau tendue laissait presque filtrer la lumière.

« Monsieur Diamant ? s'enquit-il en fixant mon frère.

— Oui, admit Herbert.

— Je suis le Gros. »

Un long silence s'installa. Herbert était trop terrorisé pour prononcer un mot mais, personnellement, j'ai toujours détesté les silences : ils me rendent nerveux.

« Vous n'avez pas l'air si gros, remarquai-je.

— Qui es-tu ?

— Nick Diamant, répondis-je en adoptant le pseudonyme d'Herbert. Son jeune frère.

— Eh bien, mon jeune ami, je te suggère de garder ta langue. J'ai une affaire à traiter avec ton frère. »

Je me tus. Le Gros ne m'impressionnait pas mais ce qu'il avait à dire m'intéressait. Pendant ce temps, le chauffeur nous avait rejoints pour apporter à son maître une chaise pliante et un cornet de graines. Le chauffeur était un Noir. Il portait des lunettes si opaques qu'on ne distinguait pas ses yeux mais un double reflet de soi-même. Il déplia la chaise et tendit le cornet à son patron.

« Merci, Lawrence, dit celui-ci. Tu peux attendre dans la voiture. »

Le chauffeur poussa un grognement d'approbation avant de s'éloigner vers la Rolls. Le Gros s'assit, plongea une main décharnée dans le cornet et jeta une poignée de graines par terre en esquissant un sourire furtif. Les pigeons affluèrent.

« Vous paraissez en forme, murmura Herbert.

— Merci, Timothy. Vous me permettez de vous appeler Timothy, n'est-ce pas ? Mon médecin m'a conseillé de maigrir, gloussa-t-il. Il faut toujours écouter la voix de la raison. Toutefois, certains prétendent que j'ai exagéré. Tout au long de cette année, je me suis exclusivement nourri de yaourts !

J'ai néanmoins conservé mon surnom pour des motifs professionnels, ajouta-t-il en lançant une nouvelle poignée de graines. À ce propos, Timothy... je serai bref. Hier, vous avez reçu la visite d'un de mes amis, un tout petit ami. Je crois savoir qu'il vous a confié quelque chose que je désire. Je suis prêt à payer cher.

— Combien ? » questionnai-je en voyant qu'Herbert se taisait.

Le Gros m'accorda un sourire. Il avait des dents horribles. D'ailleurs il était horrible de la tête aux pieds.

« Tu sembles un garçon brillant, Nick. Je suis certain que les infirmières du service des urgences de l'hôpital vont t'adorer ! »

Je frissonnai.

« Nous n'avons rien, m'entêtai-je pourtant.

— Oh... vraiment ? »

Ses sourcils remontèrent vers son crâne chauve.

« Notre appartement a été fouillé la nuit dernière, expliquai-je. Peut-être êtes-vous au courant ? Celui qui s'est introduit chez nous a dérobé ce que vous cherchez.

— C'est la vérité, renchérit Herbert. C'est exactement ce qui s'est passé. »

Le Gros nous observait avec suspicion. Il devinait que nous mentions mais il n'en avait pas la preuve. Un pigeon se posa sur sa tête dans un grand battement d'ailes et il le chassa brutalement avant de jeter au loin une nouvelle poignée de graines.

« On vous l'a volé, dites-vous ?

— Absolument, acquiesça farouchement Herbert. Lorsque nous sommes rentrés du cinéma, le paquet avait disparu. Sinon, nous nous ferions un plaisir de vous le remettre. »

Je fulminais. Tout se serait parfaitement passé sans l'intervention d'Herbert. Il n'aurait pas convaincu un enfant de six ans ! Le Gros lisait en lui comme dans un livre ouvert. Je jetai un coup d'œil anxieux vers le chauffeur qui nous observait de la Rolls. Était-il armé ? Sans aucun doute. Mais oserait-il tenter une action d'éclat au beau milieu de Trafalgar ?

« Très bien, conclut le Gros d'une voix plus glaciale que le vent d'hiver. Nous allons jouer le jeu à votre façon, mes jeunes amis. Si vous souhaitez découvrir à quoi ressemble le fond de la Tamise par une nuit de décembre, cela vous regarde. Je veux la clef. Peut-être allez-vous la retrouver bientôt, qui sait ? Si cet heureux événement se produit, j'espère pour vous que vous ne commettrez pas la folie de la garder. Voici mon numéro de téléphone, ajouta-t-il en se levant pour tendre sa carte à Herbert. Je

suis un homme patient, Timothy, j'attendrai quarante-huit heures. En revanche, si je n'ai aucune
nouvelle de vous dans deux jours, je vous réserve
une très mauvaise surprise. Que diriez-vous de
vous réveiller sans pieds, par exemple ?

— Pourquoi tenez-vous tellement à ce... à cette
clef ? » lui demandai-je.

Le Gros ne daigna même pas me répondre.
Nous n'étions pas copains, lui et moi. À sa façon
de me regarder, je le soupçonnai d'avoir envie de
me scalper. Enfin ses yeux me quittèrent et il se
tourna pour jeter le reste de son cornet de graines.

« Je hais les pigeons, grommela-t-il d'une voix
absente. Ce sont des rats volants. Londres en est
infesté. Je déteste leurs roucoulades, les saletés
qu'ils laissent sur leur passage. Quand je pense
qu'on les nourrit ! Cela m'écœure de les voir se
dandiner sur les trottoirs, polluer nos rues, semer
des maladies...

— Dans ce cas, pourquoi leur lancez-vous des
graines ? »

J'aurais mieux fait de m'abstenir, mais cela
m'intriguait. Le Gros éclata d'un rire bref en me
montrant le cornet vide.

« Blé empoisonné », ricana-t-il avant de s'éloigner vers sa voiture.

À quelques pas de nous, un pigeon se mit tout

à coup à gargouiller bizarrement et tomba sur le flanc, inerte. Deux autres l'imitèrent, leurs pattes dressées en l'air. Quand la Rolls Royce eut atteint le coin de Trafalgar pour bifurquer vers Hyde Park, nous étions entourés de cadavres de pigeons. Un véritable carnage.

« À ton avis, Herbert, tu crois que le Gros essaie de nous dire quelque chose ? »

Herbert resta muet. Il n'avait pas l'air en bien meilleur état que les pigeons.

4

L'heure de l'ouverture

Avant même d'atteindre notre appartement, Herbert et moi savions que nous devions ouvrir le paquet du nain. Nous n'avions pas osé y toucher jusque-là mais, depuis vingt-quatre heures, les événements avaient évolué : quelqu'un avait mis la maison à sac et nous avions attiré l'attention venimeuse du plus grand truand du pays. Bien sûr, Johnny Naples nous avait remis cent livres et fait promettre de ne pas ouvrir son enveloppe, néanmoins les promesses sont aussi faciles à rompre que les cous, et je savais ce que je préférais voir rompre en premier.

Une femme attendait sur le trottoir devant notre porte. Avec le nain et le Gros, je croyais avoir rencontré suffisamment de gens bizarres pour la journée, pourtant on aurait juré que les phénomènes de foire du monde entier s'étaient donné rendez-vous à Fulham. C'était une vieille femme, avec des cheveux gris frisottés qui se dressaient sur sa tête comme si elle s'était électrocutée, et une bouche fardée d'un rouge à lèvres criard tout aussi électrique. Sa peau se résumait à un tas de rides qui pendait sur elle comme un vieux manteau. Un vieux manteau pendait d'ailleurs sur ses épaules, d'un vert varech, bordé de fourrure synthétique. Un chapeau en forme de couvre-théière, un sac volumineux en toile d'ameublement et des savates bleues avachies en guise de chaussures complétaient l'ensemble.

Pensant qu'elle venait de s'échapper de l'asile de fous le plus proche, nous passâmes devant elle en feignant de l'ignorer. Ce ne fut qu'en la voyant nous emboîter le pas dans l'escalier jusqu'au bureau que nous finîmes par admettre qu'elle était là pour nous. Elle jeta un coup d'œil dans la pièce dévastée et siffla, les lèvres pincées comme si elle venait d'avaler tout rond un caramel.

« Dieu me damne ! s'exclama-t-elle avec un épais accent faubourien. Quel bazar !

« — Qui êtes-vous ? s'informa Herbert.

— Ménage, répondit-elle avec un large sourire écarlate. J'ai lu votre annonce dans le journal. »

Avec tous ces événements, nous avions complètement oublié l'annonce.

« Je vois, murmura Herbert. Mais quel est votre nom ?

— Ménage. »

Soit elle était sourde, soit on l'avait laissée tomber par terre à la naissance. Herbert répéta sa question plus lentement.

« Quel-est-votre-nom ?

— Ménage, répondit-elle encore. Betty Ménage, c'est mon nom. Vous pouvez m'appeler Betty. »

Sans attendre notre invitation, elle pénétra dans la pièce en brandissant un plumeau qu'elle avait soudain fait apparaître de son sac par quelque tour de magie. Herbert et moi échangeâmes un coup d'œil abasourdi tandis qu'elle époussetait les vestiges d'une étagère. L'étagère se décrocha du mur. Betty se renfrogna.

« Mince alors ! Quel bazar ! Ce n'est pas d'une femme de ménage dont vous avez besoin, mes chéris, mais d'un charpentier !

— Attendez une minute..., intervint Herbert.

— Ne vous inquiétez pas, l'interrompit-elle en

43

remplaçant miraculeusement le plumeau par un marteau. Je travaille vite. Je vous aurai remis les lieux en état en moins de deux ! »

Je n'en doutai pas un instant. Son sac de toile était assez grand pour contenir une boîte de clous, un tournevis, peut-être même un escabeau pliant ! Herbert avança pour attirer son attention.

« Je... nous... enfin... Quels sont vos tarifs ?

— Dix livres par jour. Disons cinq, se reprit-elle en remarquant notre mine défaite. Vous m'êtes sympathique. Et puis vous êtes détective privé. J'adore les histoires de détective. Cinq livres par jour et je fournis mes propres sachets de thé. Qu'en dites-vous ? »

Je pressentis qu'Herbert allait la renvoyer, aussi m'avançai-je vivement. Nous avions dépensé les cent livres du nain, mais il nous restait le chèque de maman et, si Betty pouvait réparer et nettoyer l'appartement pour cinq livres par jour seulement, c'était une affaire à saisir.

« Vous pouvez commencer lundi, lançai-je.

— Nick ! protesta Herbert.

— Tu veux vraiment vivre dans ce taudis ?

— Il a raison, intervint Betty. Quel joli garçon ! Qui est-ce, votre frère ? Déjà un monsieur ! Lundi, vous dites ? Je peux commencer tout de suite, si vous préférez. Il faut battre le fer tant qu'il est chaud.

— À propos de fer, le nôtre est en miettes, remarquai-je. Tout comme la planche à repasser. »

Ce n'était pas si drôle, pourtant elle se mit à rire à gorge déployée. Son rire ressemblait à ces glouglous que produisent les tuyauteries quand on vide la baignoire.

« C'est que... nous sommes assez occupés pour le moment, se défendit Herbert qui brûlait d'impatience d'ouvrir l'enveloppe. Revenez lundi.

— Je serai là, promit Betty. Neuf heures ?

— Dix heures.

— D'accord pour dix heures. Comme il est mignon ! » gloussa-t-elle en passant devant moi.

Et elle disparut.

Nous attendîmes d'entendre claquer la porte d'entrée pour nous ruer sur l'endroit où j'avais dissimulé le colis. L'une des planches du parquet se soulevait (il y en avait même plusieurs) et c'était la cachette que j'avais choisie. Herbert saisit l'enveloppe et se mit à la secouer. Quelque chose cliqueta à l'intérieur. Herbert frissonna.

« Ce pourrait être une bombe, murmura-t-il.

— Une bombe ? Pourquoi Naples nous aurait-il confié une bombe ?

— Eh bien...

— Et qui se serait amusé à fouiller l'appartement pour chercher une bombe ?

— Tu as raison, Nick. Bien sûr, ce ne peut être une bombe. Il n'y a aucune raison, n'est-ce pas ? Qui pourrait songer à... Tiens, ouvre-la. »

Il me remit l'enveloppe et se réfugia prudemment dans le coin le plus reculé de la pièce. Je secouai le paquet à mon tour. Le Gros avait fait allusion à une clef, or le bruit évoquait davantage un roulement à billes dans une boîte. Herbert m'observait avec des yeux de hibou. Non, plus exactement des yeux de lapin. Je lançai le paquet en l'air et le rattrapai au vol. Herbert devint livide et se mit à trembler.

Une bombe ? Sûrement pas. Mais pourquoi pas un colis piégé ?

Je glissai délicatement mon pouce sous le rabat pour essayer de dénicher un fil caché. Rien. Johnny Naples n'avait pas utilisé beaucoup de salive pour coller l'enveloppe, sans doute avait-il la bouche aussi sèche que moi en ce moment. Le rabat se détacha facilement et j'entrevis quelque chose de rouge qui ressemblait à une boîte. Je retournai l'enveloppe, la boîte tomba à terre. Herbert plongea à l'abri, mais il ne se produisit aucune explosion.

En nous penchant pour examiner l'objet, nous

nous demandâmes si nous n'avions pas perdu la raison, ou si nous étions en train de la perdre. En tout cas, quelqu'un, quelque part, devait être fou.

La précieuse enveloppe ne contenait qu'une seule chose : une petite boîte de chocolats Maltés.

5

N comme nain

Je ne sais pas si vous aimez les sucreries. Personnellement je peux m'en passer. De toute façon, je n'ai pas le choix car, avec mon argent de poche, je ne peux même pas me payer de poches. Bref. Les Maltés sont de petites boules de chocolat au lait malté qui croquent sous la dent. On en trouve de semblables en Amérique, et probablement partout ailleurs dans le monde.

Pourquoi Johnny Naples nous avait-il versé cent livres pour garder une boîte de chocolats ? Voilà la question que je me posais. Pourquoi s'était-on donné tant de mal à fouiller notre appartement pour mettre la main dessus ? Et que venait faire le Gros dans cette histoire ? Les chocolats ne devaient guère l'attirer puisqu'il suivait un régime. Tout cela n'avait aucun sens.

La boîte contenait cent cinquante grammes de Maltés parfaitement ordinaires. Ils avaient l'apparence, l'odeur et le goût de Maltés banals. Herbert émit l'idée qu'ils enrobaient peut-être des diamants ou autre chose, et ce ne fut que lorsque j'en eus mangé une demi-douzaine qu'il changea d'avis et suggéra qu'ils renfermaient peut-être du poison. Si un regard était capable de tuer, le mien l'aurait trucidé sur place.

« Ce qu'il faut, décréta Herbert, c'est retrouver Naples. »

Herbert est un génie de la déduction. Le Gros nous avait accordé deux jours pour lui remettre le paquet, or Johnny Naples ne devait revenir que dans une semaine. Cela nous laissait donc cinq jours pour subir toutes sortes d'aventures déplaisantes. Un seul problème : nous ne connaissions ni l'adresse du nain, ni son numéro de téléphone.

Herbert se fit l'écho de mes réflexions.

« Je me demande comment entrer en contact avec Naples, murmura-t-il.

— Essayons les pages jaunes de l'annuaire ! N comme nain.

— Génial ! s'exclama-t-il en cherchant l'annuaire.

— Je plaisantais, Herbert.

— Oh... Vraiment ? Oui... oui, bien sûr », soupira-t-il en reposant le Bottin.

Pour ma part, j'entrepris d'examiner l'enveloppe dans l'espoir d'y déceler un indice, et je découvris une petite étiquette blanche collée sous le rabat que, dans sa hâte, le nain avait dû oublier.

« Regarde, Herbert.

— C'est une enveloppe, constata-t-il brillamment.

— Exact, c'est une enveloppe. Mais que penses-tu de l'étiquette ? »

Herbert me la prit des mains pour l'approcher de la lumière.

« Hammett, lut-il à voix haute. Huit pence. Ce n'est pas cher pour des chocolats.

— C'est le prix de l'enveloppe, pas des chocolats, rectifiai-je. Regarde attentivement. Le prix est écrit à la main, mais le nom est imprimé. Hammett... je suppose qu'il s'agit du nom du vendeur de journaux ou de la papeterie où Naples a acheté l'enveloppe.

— Fantastique, Nick ! s'écria Herbert avec enthousiasme. Oui, mais... à quoi cela nous avance-t-il ?

51

— J'imagine que le nain a fait ses achats dans le quartier où il habite. Il nous reste donc à établir la liste de tous les Hammett propriétaires d'une papeterie et à leur rendre visite pour leur demander s'ils se rappellent avoir vendu une enveloppe à Naples.

— Ils vendent probablement des centaines d'enveloppes à des milliers de clients !

— Sans doute, mais combien de leurs clients sont nains ?

— Très juste, admit mon frère. Comment comptes-tu répertorier tous les Hammett ?

— Dans les pages jaunes de l'annuaire. »

Herbert ramassa l'épais volume en me toisant d'un regard dédaigneux.

« C'était mon idée dès le début ! »

Je ne cherchai pas à discuter. Discuter avec un garçon comme Herbert équivaut à se frapper la tête contre un mur.

Il existait six Hammett à Londres sous la rubrique des marchands de journaux et de papeterie : trois d'entre eux habitaient sur la rive sud de la Tamise, trois autres sur la rive nord. Il était trop tard pour les visiter tous, aussi nous décidâmes de commencer par le sud, ce qui nous permettrait également de passer chez un vendeur de meubles d'occasion de notre connaissance. L'expédition nous fit perdre deux heures mais, le soir même, nous pouvions nous asseoir sur des chaises qui tenaient debout.

Le lendemain était un samedi. La visite aux Hammett de Kensington et d'Hammersmith se révéla infructueuse. Restait celui de Notting Hill Gate, qui tenait boutique au milieu du marché aux puces de Portobello Road. Encouragées à la promenade par le soleil, des centaines de personnes se déployaient dans tout ce bric-à-brac, à la recherche de porte-serviettes en cuivre ou de meubles en pin. Une odeur de frites et de brochettes empestait l'air. Devant la boutique de Hammett, un vieux bonhomme vendait d'authentiques plaques minéralogiques anciennes qui avaient dû tomber accidentellement d'un non moins authentique camion ancien.

Le magasin était exigu et sombre, à l'image de ceux des autres Hammett. Vous connaissez probablement ce genre d'endroits : bonbons et chocolats d'un côté, journaux et magazines de l'autre, avec les revues cochonnes sur l'étagère du haut. Herbert se dirigea tout droit vers celle-ci pour feuilleter un numéro de *Playboy,* tandis que j'examinais l'étalage d'articles divers. J'y repérai des enveloppes semblables à celle du nain, qui portaient la même étiquette, avec le prix et l'écriture identiques.

Une seule personne se tenait derrière le comptoir : un homme d'environ quarante ans, une cigarette plantée au coin de la bouche, le teint pâle et maladif propre aux gens qui passent leur vie enfermés dans une boutique minable et sombre. Pendant qu'Herbert menait ses propres investigations dans les revues spécialisées, je pris une enveloppe et m'avançai vers l'homme.

« Excusez-moi, monsieur, je sais que ma question va vous surprendre, mais vous rappelez-vous avoir vendu une de ces enveloppes à un nain ? »

L'homme fixait Herbert.

« Allez-vous acheter ces cochonneries ? » aboya-t-il à son adresse.

Herbert reposa précipitamment le magazine en rougissant et revint vers nous.

« Que veux-tu savoir exactement, mon garçon ? poursuivit l'homme d'un ton radouci.

— Mon frère est détective privé, expliquai-je. Nous sommes à la recherche d'un nain : cheveux grisonnants, teint hâlé, et nous pensons qu'il vous a acheté une enveloppe, il y a un jour ou deux.

— Ouais... je m'en souviens. Un petit bonhomme.

— Normal pour un nain, murmurai-je.

— Il est venu jeudi, je crois. »

Le jour où Naples nous avait rendu visite. Je me

sentis fébrile, tout à coup. Malheureusement, Herbert crut bon de se mêler à la conversation.

« Diamant, dit-il d'un ton grave. Tim Diamant.

— Il ne m'a pas donné son nom, remarqua Hammett.

— Diamant, c'est moi », insista Herbert.

L'homme se tourna vers moi, les sourcils froncés. « Il... il va bien, votre frère ?

— Ne vous inquiétez pas. Écoutez, c'est important. Le nain vous a-t-il acheté autre chose ? Des chocolats Maltés, par exemple ?

— Non, pas de sucreries. Pourtant... je me souviens, à présent. Il portait justement une boîte de Maltés sous le bras et il l'a glissée dans l'enveloppe. Il me semble aussi qu'il a acheté autre chose... C'est ça ! Une paire de ciseaux ! Il était nerveux, pressé. Il n'arrêtait pas de regarder dehors, comme quelqu'un qui est suivi. Il a pris son enveloppe et ses ciseaux, puis il a filé.

— Nous devons absolument le retrouver.

— Il a des ennuis ?

— Il pourrait en avoir si nous ne le retrouvons pas, expliquai-je.

— Mais il n'en aura pas nécessairement si nous le retrouvons », crut bon d'ajouter Herbert.

Hammett hésitait. Il se méfiait. À sa place, j'aurais réagi de la même façon.

« Bon, se décida-t-il tout à coup en voyant un client entrer. Je n'ai pas de temps à perdre avec deux plaisantins de votre espèce. Vous le trouverez à l'hôtel *Splendide,* votre nain, dans le bas de Portobello.

— Comment le savez-vous ? m'étonnai-je.

— Je connais le propriétaire de l'hôtel. Il m'a vaguement parlé d'un nain qui séjournait chez lui.

— Comment se nomme le propriétaire ? questionna Herbert.

— Jack Splendide. »

Plus on avance dans Portobello, plus le paysage devient minable, et plus on a l'impression de pénétrer dans un autre univers. Plus de boutiques de brocanteurs ni d'échoppes, mais une sorte de terrain vague envahi de détritus. En quelques pas, on passe d'une ville à une autre.

L'hôtel *Splendide* faisait partie de ces établissements impossibles à repérer si on ne les connaît pas, et où l'on descend pour se cacher. Il était situé au fin fond de Portobello, dans un cul-de-sac, niché dans le coude d'une route aérienne qui enserrait l'immeuble comme un bras de béton. Les locataires ne devaient guère dormir, à l'hôtel *Splendide,* avec les voitures qui défilaient à un mètre de leurs fenêtres. Le dernier étage arrivait très exactement au niveau de la chaussée. Un somnambule tombant de son lit risquait de périr écrasé sous les roues d'un camion, si les cafards et les punaises ne l'avaient tué avant.

C'était une bâtisse carrée et hideuse, de la couleur d'un fromage moisi. Une enseigne au néon rouge ornait le premier étage, mais tellement encrassée qu'on ne lisait plus les lettres. Une rangée de poubelles montait la garde devant la porte d'entrée, leurs monceaux de détritus ajoutant à la délicieuse atmosphère des lieux. Comme vous le savez, les établissements hôteliers sont classés par étoiles ou fourchettes, en rapport avec leur qualité. L'hôtel *Splendide* ne méritait même pas un cure-dent !

Un ivrogne à moitié endormi était affalé près des poubelles, le goulot d'une bouteille vide serré dans une main, un berger allemand somnolent à ses pieds. Le chien semblait aussi ivre que le maître. Nous les dépassâmes en réprimant une grimace. La porte pendait sur ses gonds, une odeur âcre de désinfectant nous accueillit.

Nous pénétrâmes dans ce qui tenait lieu de réception. Alors que la plupart des hôtels affichent des publicités de spectacles ou de restaurants, le *Splendide,* lui, faisait de la réclame pour la soupe populaire et les produits antipoux. Un comptoir se dressait face à la porte et, derrière le comptoir, un homme mal rasé lisait un bouquin bon marché, tellement bon marché qu'il ne comptait que quelques pages (ce qui valait aussi bien car le lecteur ne semblait pas encore prêt pour *Guerre et Paix*). Il portait une chemise crasseuse, un blue-jean d'où s'échappait un estomac volumineux qui lui tombait sur les genoux, et mâchonnait un mégot de cigare éteint depuis au moins une semaine. Il tourna une page, grogna, et poursuivit sa lecture.

« Jack Splendide ? s'enquit Herbert.

— Qui le demande ? répliqua l'homme sans remuer les lèvres.

— Diamant, se présenta mon frère. Je suis détective privé.

— On ne dirait pas ! dit Jack Splendide en bâillant.

— Nous cherchons un homme qui loge dans votre hôtel, expliquai-je. Un certain Johnny Naples. Il doit pas mal de fric à un de nos clients, ajoutai-je pour faire bonne mesure, en m'efforçant de parler un langage qu'il comprît.

— Tout juste, renchérit Herbert. Et si vous nous aidez à le trouver vous toucherez une petite commission. »

Nos arguments déridèrent Jack Splendide. Il

leva un pouce à l'ongle noir en direction de l'escalier.

« Chambre 39, grogna-t-il. Dernier étage. Et je veux dix pour cent. »

Nous grimpâmes cinq volées de marches en nous efforçant de ne pas les faire craquer sous nos pas. La moquette était élimée, les murs humides et boursouflés, des télévisions braillaient au loin, un bébé pleurait. À sa place, moi aussi j'aurais pleuré. La chambre 39 se trouvait tout au fond d'un couloir, sur la face arrière de l'hôtel. Le numéro avait disparu mais nous devinâmes qu'il s'agissait du trente-neuf, car elle était encadrée par le trente-huit et le quarante. La porte était fermée.

« Tu crois que c'est une bonne idée ? chuchota Herbert.

— Tu en suggères une meilleure ?

— Nous pourrions... rentrer à la maison ?

— Pas question, Tim. Nous touchons au but. Il n'y a aucun mal à... »

Je dus m'interrompre. Le coup de feu n'avait pas été violent, mais suffisamment proche pour me faire sursauter. En fait, il avait été tiré juste de l'autre côté de la porte. Herbert se mit à trembler et voulut battre en retraite. Je le rattrapai de justesse par le pan de sa veste. Je ne tenais pas à entrer seul. Je ne tenais d'ailleurs pas à entrer du tout, mais je savais que je ne me pardonnerais jamais de m'être enfui.

Sans lâcher Herbert, je poussai prudemment la porte. Elle n'était pas verrouillée : au *Splendide,* les chambres n'étaient pas munies de verrous, certaines n'avaient d'ailleurs même pas de porte.

La première chose que j'aperçus en entrant fut un rideau battant et une silhouette s'éclipsant par la fenêtre.

La chambre pouvait tout juste contenir un lit, une table, une commode... et un corps. Johnny Naples gisait sur le lit. Il n'était pas encore mort, mais la tache rouge qui s'élargissait sur sa chemise me disait que les minutes lui étaient comptées. Je me précipitai vers la fenêtre. Trop tard. Celui ou celle qui nous avait précédés avait sauté sur la route en contrebas pour s'enfuir, et probablement rejoindre une voiture qui l'attendait.

Je retournai au chevet du nain qui gémissait faiblement. Malgré le désordre certainement coutumier de la chambre, on décelait des traces de lutte : la chaise était renversée, la lampe retournée. Mes yeux tombèrent sur une pochette d'allumettes publicitaire que je ramassai instinctivement. Le temps nous manquait et n'importe quel indice pouvait nous aider. C'était sans doute aussi un prétexte pour éviter de regarder le nain.

Celui-ci ouvrit la bouche pour essayer de parler.

« Le faucon, gargouilla-t-il... Soleil... »

Ce fut tout. Ses yeux se fermèrent, sa bouche resta ouverte. N comme nain, M comme mort.

De son côté, Herbert s'était penché pour ramasser quelque chose sur le tapis.

« Nick, regarde... »

Il s'agissait d'un revolver encore fumant, et mon cher frère le serrait toujours dans sa main lorsque la porte s'ouvrit violemment. L'ivrogne affalé un peu plus tôt devant l'entrée de l'hôtel tenait lui aussi un revolver, son berger allemand grognant doucement à ses pieds. Deux autres hommes l'accompagnaient.

« Police ! » cria-t-il.

Herbert s'évanouit. L'homme pivota pour le tenir en joue.

« Vous êtes en état d'arrestation », déclara son collègue.

6

Le Faucon

On transporta Johnny Naples à la morgue, et nous au commissariat de police de Ladbroke Grove. Je ne sais qui, de lui ou de nous, reçut le meilleur traitement car, tandis que des infirmiers l'emmenaient sur un brancard, allongé sous un joli drap blanc, les policiers nous passèrent les menottes avant de nous jeter sans ménagement à l'arrière d'une camionnette. Ainsi donc, l'ivrogne était un policier déguisé en ivrogne, et le berger allemand un chien policier déguisé en berger allemand. L'hôtel *Splendide* avait fait l'objet d'une importante surveillance policière et nous nous étions jetés tout droit dans la souricière.

Nos geôliers nous laissèrent mijoter – ou plus exactement geler – dans une salle d'interrogatoire aux murs de brique nue qui aurait pu servir de morgue. L'ameublement se réduisait à une table en fer, trois chaises en fer et cinq barreaux en fer qui obturaient un vasistas par lequel, de toute façon, personne n'aurait pu se faufiler. Un tableau noir ornait un mur, ainsi qu'une affiche portant l'inscription : « Le crime ne paie pas », sous laquelle un mauvais esprit avait ajouté à la main : « Le métier de policier non plus. » Il régnait dans la pièce une odeur de tabac froid. Je me demandai combien de criminels endurcis s'étaient endurcis un peu plus en attendant là.

Herbert avait à peine parlé depuis qu'il avait repris conscience ; toutefois, au bout de vingt minutes, il entreprit d'inspecter les lieux comme s'il se rendait enfin compte de l'endroit où il se trouvait.

« Nick...

— Oui ?

— Tu... tu ne penses pas que la police me croit coupable de la mort du nain, n'est-ce pas ?

— Non, répondis-je doucement. Tu es monté dans sa chambre, un coup de feu a éclaté, on t'a découvert l'arme du crime à la main, et le nain était mort. Pourquoi te croiraient-ils coupable ? »

À cet instant, une clef cliqueta dans la serrure et la porte s'ouvrit. Herbert émit un petit grognement. L'homme qui entra n'avait pas l'air plus joyeux.

« Herbert Simple ! soupira-t-il en fixant mon frère.

— Inspecteur Snape, murmura Herbert d'une voix étranglée.

— Inspecteur-chef ! rectifia l'homme. Et pas grâce à toi ! »

L'inspecteur-chef Snape avait des cheveux blonds et la carrure d'un joueur de rugby, avec ces épaules légèrement écrasées à force de mêlées. Sa peau avait la couleur du jambon cru, et il s'exprimait avec un fort accent du Nord. Il portait une chemise qui avait dû être blanche, et une cravate qui se retroussait par-dessus son col comme si elle cherchait à s'échapper de son cou de taureau. L'homme qui le suivait était sa réplique exacte, mais en plus petit, plus trapu, avec des cheveux noirs bouclés, une chemise à col ouvert et une médaille en or qui brillait dans l'épaisse toison de son torse. L'adjoint, si tel était son grade, se tenait les jambes écartées et martelait lentement sa paume du poing en nous toisant d'un regard hostile. Si ces brutes épaisses étaient des policiers, je me demandai à quoi ressemblaient les truands.

« Herbert Simple, répéta Snape en attirant une chaise pour s'asseoir.

— Je le cogne ? interrogea son adjoint.

— Pas encore, Boyle, grimaça l'inspecteur-chef... Simple, le plus mauvais des agents de police que j'aie jamais eus sous mes ordres ! En deux mois, tu as commis plus de dégâts que les frères Krai en vingt ans ! Le jour de ton renvoi, j'ai pleuré de joie. Depuis, je prie chaque jour pour ne plus croiser ton chemin. Et toi, qui es-tu ? ajouta-t-il en braquant ses petits yeux porcins sur moi.

— Son frère.

— Pas de chance pour toi, mon garçon.

— Je le cogne ? questionna l'adjoint.

— Du calme, Boyle, l'arrêta Snape en allumant une cigarette. À présent, la question qui se pose est de savoir comment un ex-policier malchanceux, sans cervelle et incompétent comme Herbert Simple a pu se trouver en rapport avec un homme comme Johnny Naples.

— Je ne l'ai pas tué ! s'écria Herbert.

— Je te crois, dit Snape avec un sourire en dilatant les narines pour souffler la fumée de sa cigarette. Si tu avais voulu tirer sur lui, tu te serais probablement perforé le pied ! À l'entraînement au tir, tu étais parvenu à toucher l'instructeur ! Il n'en demeure pas moins que l'arme du crime porte tes seules empreintes. Tu ferais donc bien de m'expliquer les raisons de ta présence dans la chambre de ce nain.

— Naples était mon client, couina Herbert.

— Herbert est détective privé, expliquai-je.

— Un privé ? »

L'inspecteur-chef Snape éclata de rire. Puis il parvint à reprendre son calme et s'essuya les yeux d'un revers de manche. Boyle lui tendit un mouchoir dans lequel il se moucha bruyamment.

« J'aurai tout entendu ! reprit-il. Un privé ! Et, bien entendu, ton client s'est fait tuer. Il a signé son arrêt de mort en s'adressant à toi. De quelle enquête t'a-t-il chargé ?

— Secret professionnel », rétorquai-je.

Le sourire de Snape s'effaça. Boyle avança sur moi en grognant. J'avais rencontré des bêtes féroces plus sympathiques au zoo. Heureusement pour moi, Snape l'apaisa d'un geste de la main.

« Pas tout de suite, Boyle.

— Mais, chef...

— Il n'a pas l'âge. »

Boyle grogna de nouveau avec une grimace dépitée en boxant l'air de ses poings, mais il recula.

« Tu ferais bien de surveiller tes paroles, mon

garçon, poursuivit Snape. Boyle est un brutal. Il regarde trop la télévision. Le dernier suspect qu'il a interrogé a dû être transporté au service de réanimation de l'hôpital. Et il avait seulement garé sa voiture en double file !

— Cela n'en reste pas moins un secret professionnel, m'entêtai-je.

— À ta guise, grommela Snape. Si tu tiens à voir ton grand frère arrêté pour meurtre...

— Nick ! se lamenta Herbert.

— Nous ne sommes pas obligés de trahir la confiance d'un client et...

— Le client est mort, objecta Snape.

— J'ai remarqué. Mais il reste notre client, insistai-je en le gratifiant de mon sourire le plus aimable. Je vous propose un marché, inspecteur-chef. Vous nous communiquez vos informations, en retour nous vous racontons ce que nous savons de Naples. Cela me semble correct, n'est-ce pas ?

— Quel âge as-tu ?

— Treize ans.

— Tu es intelligent pour ton âge mais, si tu continues sur cette lancée, tu n'atteindras pas tes quatorze ans.

— Échangeons nos informations, inspecteur.

— Pourquoi accepterais-je ? Je ne suis même

pas certain que vous m'appreniez des choses inté-
ressantes.

— Nous sommes au courant... pour la clef,
répondis-je. Ainsi que pour le faucon. »

Bien entendu, j'avais lancé cela au hasard. Le
Gros avait mentionné une clef et Johnny Naples
avait murmuré quelque chose à propos d'un faucon juste avant de mourir. Ces mots n'avaient
aucun sens pour moi, mais j'espérais qu'ils en
auraient pour l'inspecteur. Je ne m'étais pas
trompé : il leva un sourcil au mot de clef, et le
deuxième sourcil au mot de faucon. Puis il aspira
une dernière bouffée de sa cigarette avant de la laisser tomber par terre pour l'écraser de son talon.

« D'accord, jeune homme, mais je te conseille de
ne pas me décevoir, sinon je laisse Boyle s'occuper
de toi.

— Je vous écoute, inspecteur-chef, répondis-je
en m'efforçant d'ignorer le regard gourmand de
son adjoint.

— Johnny Naples est arrivé par avion d'Amérique du Sud, il y a un mois, commença Snape.
Nous l'avons repéré à la douane, puis perdu de
vue, puis de nouveau retrouvé à l'hôtel *Splendide*
il y a quelques jours. Depuis, nous le surveillions.
Autant que nous le sachions, vous êtes les premiers, ton frère et toi, à l'avoir rencontré.

— Pourquoi l'avez-vous placé sous surveillance ? s'enquit Herbert.

— C'est ce que j'essaie de vous expliquer », aboya Snape en allumant une autre cigarette.

Il n'avait pas l'air d'un fumeur acharné, mais c'est l'effet que produit Herbert sur certaines personnes.

« Johnny Naples était un moins-que-rien, poursuivit l'inspecteur. Un charlatan qui tenait un cabinet de médecine minable dans les rues mal famées de La Paz, en Bolivie. La chance lui a souri avec son dernier patient. Vous avez entendu parler du Faucon, mais je me demande ce que vous connaissez précisément de lui. Son vrai nom, par exemple : Henry von Falkenberg. J'imagine que vous ne le comptiez pas parmi vos amis. D'ailleurs, von Falkenberg n'était l'ami de personne.

— Il devait se sentir bien seul, remarqua Herbert.

— Ne m'interrompez pas, grinça Snape. Chaque pays a ses grands criminels. En Angleterre, le Gros est considéré comme le numéro un. L'Amérique a ses parrains de la Mafia, l'Italie les frères Fettucine. Le Faucon, lui, n'avait pas de frontières, il était un bandit international. Moitié allemand, moitié anglais, il n'était loyal à aucun drapeau. Ces dernières années, il s'était établi en Bolivie. Il n'existait

70

pas une seule organisation criminelle au monde avec laquelle il ne traitait pas. Vous voliez un chargement de fourrures à Moscou ? Le Faucon vous l'achetait. Vous désiriez vous procurer un kilo de cocaïne au Canada ? Il vous suffisait de le contacter. Il était le numéro un, le grand patron, le roi du crime. Si un pays ne lançait pas contre lui un mandat d'arrêt, il considérait cela comme une insulte personnelle ! Comme tout homme d'affaires, le Faucon avait besoin de fonds, d'une assise financière sur laquelle monter ses coups. En revanche, à l'inverse des autres hommes d'affaires, il ne pouvait ouvrir un compte dans une banque. Il ne faisait pas plus confiance aux banques suisses qu'à sa propre mère, dont il s'était d'ailleurs débarrassé en 1955. La seule monnaie qu'il affectionnait, c'était les diamants. Les diamants bruts. Que le franc français soit dévalué ou le rouble russe réévalué, la valeur des diamants reste stable. Il en possédait une réserve dans chaque grande ville : Paris, Amsterdam, New York, Londres. En réalité, Londres constituait le centre de ses opérations. C'était donc là qu'il conservait la part la plus importante de sa fortune. Nous ignorons où, peut-être à un kilomètre d'ici, mais nous avons la certitude qu'il a entassé en ville l'équivalent de trois millions et demi de livres sterling en diamants, soit trente-cinq millions de francs français ou trois milliards et demi de centimes ! »

Snape s'interrompit pour juger de l'effet de ses paroles. Il ne fut pas déçu. J'avais les lèvres sèches tout à coup, et Herbert hochait la tête en sifflant.

« Le Faucon était un grand criminel, reprit Snape. Néanmoins, sa chance l'a quitté il y a un mois. Il aurait pu finir ses jours en prison, ou sous les balles d'un clan rival ; au lieu de cela il a péri sous les roues d'un autobus. Fin incroyable d'une vie incroyable. Cela s'est produit juste devant l'aéroport de La Paz où il venait prendre un avion en partance pour l'Angleterre. Nous pensons qu'il portait la clef de son coffre de diamants sur lui. Le premier à arriver sur les lieux de l'accident et à l'accompagner dans l'ambulance était un médecin du nom de Johnny Naples.

« Imaginez la scène. Le Faucon est en train de mourir, il est le seul à connaître l'endroit où sont cachés ses diamants. Généralement, les mourants ont tendance à confier leurs secrets avant de rendre leur dernier soupir. Vraisemblablement, le Faucon a confié sa clef à Naples. En tout cas, partons de cette hypothèse. Quelques jours plus tard, le nain abandonne son cabinet minable et s'envole pour Londres en première classe. Il n'avait aucun motif d'y venir, sinon...

— Sinon pour récupérer trois millions et demi de livres, terminai-je à sa place.

— Exactement, acquiesça Snape en se dirigeant vers le tableau noir où il prit une craie blanche. Donc, Johnny Naples débarque au paradis des diamants, c'est-à-dire à Londres. Or, il n'est pas seul. La mort du Faucon a réveillé les appétits de plusieurs personnes qui se lancent dans la chasse au trésor. »

Snape nous tourna le dos pour tracer un nom sur le tableau :

LE GROS.

« Voilà le premier intéressé, reprit-il. Le Gros a souvent traité des affaires avec le Faucon. Non seulement il connaît l'existence des diamants, mais il sait comment faire fructifier une telle fortune. Avec trois millions et demi de livres, il deviendrait à son tour un truand international, le roi du crime, le successeur du Faucon. Il a probablement débusqué le nain avant nous et, s'il est l'assassin, cela signifie qu'il s'est emparé des diamants. Pour nous, c'est la catastrophe. »

Snape écrivit un deuxième nom :

BÉATRICE VON FALKENBERG.

« Qui est-ce ? questionnai-je.

— Le pion noir, répondit Snape. La veuve du Faucon, autrefois la plus grande actrice de Hollande. C'est là que le Faucon en est tombé amoureux, en la voyant jouer *Othello* dans le rôle-titre. À tous points de vue, ce fut un mariage malheureux. Elle vivait six mois de l'année à Londres et six mois à La Paz. Si son époux lui a caché l'emplacement de ses diamants, elle va tenter de le découvrir. »

Deux noms suivirent :

WILLIAM GOTT ET ERIC HIMMEL.

« Des Allemands ? s'étonna Herbert.

— Les deux bras droits du Faucon, expliqua Snape. Ses deux lieutenants. En s'emparant de la fortune de leur ancien patron, ils auront les moyens et le pouvoir de lui succéder à la tête de son organisation. Gott et Himmel sont des tueurs. Bien que nés en Allemagne, ils ont suivi leurs études en Angleterre, à Eton. Pendant leur scolarité, le pasteur du collège ainsi que le professeur d'éducation physique ont disparu, et on a retrouvé le principal pendu dans son bureau avec sa cravate. Gott et Himmel ont rejoint Londres le lendemain de l'arrivée du nain. Ils sont là, dangereusement là. »

LE PROFESSEUR, écrivit ensuite Snape.

« Celui-ci constitue un autre mystère, soupira-t-il. Si quelqu'un connaît la cachette des diamants, c'est lui. Il était le conseiller technique du Faucon, sa tête pensante. Brillant, mais corrompu. On dit qu'il a inventé le piratage d'ordinateurs avant l'invention des ordinateurs. Il a probablement construit le coffre-fort dans lequel sont cachés les diamants. Toutefois, le Professeur semble avoir disparu depuis un an. Peut-être est-il mort. »

Snape se retourna une nouvelle fois pour tracer un dernier nom : HERBERT SIMP... Mais il n'alla pas plus loin car la craie se cassa entre ses doigts.

« Finalement, nous arrivons à toi, Herbert Simple, soupira-t-il en faisant face à mon frère. Tu prétends que Johnny Naples t'a engagé. Je veux savoir pourquoi, ce qu'il attendait de toi, ce qu'il t'a confié. Je veux savoir en quoi vous êtes tous deux mêlés à cette histoire, et je veux le savoir tout de suite ! »

Les choses commençaient à prendre forme. Pas très clairement, vous vous en doutez, mais suffisamment pour me permettre de saisir l'enjeu de l'affaire. Johnny Naples avait atterri à Londres pour s'emparer de trois millions et demi de livres et nous avait confié une boîte de Maltés. C'était un point de départ assez maigre, mais le seul dont nous disposions et qui nous laisserait cruellement démunis si nous le remettions à la police. Laissez-moi vous expliquer comment j'entrevoyais la situation. Une foule de gens mal intentionnés s'intéressaient à ce que le nain nous avait confié le jeudi matin. Parmi eux : le Gros. Les auteurs de la mise à sac de notre appartement étaient peut-être Gott et Himmel. Tôt ou tard, ils risquaient de revenir, armés, et nous serions forcés de leur céder les chocolats. Les Maltés constituaient donc notre assurance-vie et il nous fallait les conserver précieusement.

Bon, d'accord, pour être tout à fait sincère une autre raison m'animait. Si cette fortune existait réellement, j'avais très envie de la découvrir. Même en partageant avec Herbert, je pourrais satisfaire mes moindres caprices !

« Allons, s'impatienta Snape. À votre tour de parler. Pourquoi Naples t'a-t-il engagé, Simple ? »

Un nouveau silence s'installa. Boyle avança d'un pas menaçant sans que Snape cherche à le retenir.

« Vous avez raison, inspecteur-chef, m'empressai-je d'intervenir. Naples convoitait la fortune du Faucon. Mais quelqu'un le filait et il était terrorisé. Il est venu nous demander protection.

— Nick ! protesta mollement Herbert.

— Il ne nous a rien dévoilé de plus et... »

La main de Boyle s'abattit sur ma nuque et me souleva de terre. Je me faisais l'effet d'un morceau de ferraille agrippé par la mâchoire géante d'un treuil mécanique.

« Tu mens, gronda-t-il.

— Parole de scout !

— Tu as toi-même parlé d'une clef, me rappela Snape.

— Seulement parce que le nain y a fait allusion, me défendis-je. Mais nous ne l'avons pas. Il vous suffit de fouiller notre bureau !

— C'est déjà fait, m'informa Boyle.

— Vous avez donc pu constater que quelqu'un vous avait précédés ! Croyez-moi, inspecteur. Pourquoi serions-nous allés à l'hôtel *Splendide* ? Notre maison a été saccagée, nous avions peur. Nous comptions demander des explications au nain, mais il était déjà mort à notre arrivée. Parole ! »

Pendant un moment interminable, le seul bruit à troubler le silence fut le craquement de mes vertèbres dans la main de Boyle. Puis il dut recevoir un signe de Snape car il me lâcha brusquement et je m'affalai sur ma chaise. J'avais les jambes aussi molles que du coton et la tête raide.

« D'accord, jouons le jeu à ta façon, acquiesça Snape d'un ton sinistre. Je ne te crois pas, et aucun des tristes individus qui vous guettent dehors ne te croira. Je suis curieux de voir lequel d'entre eux mettra la main sur vous le premier.

— Je suppose que vous assisterez au spectacle sans lever le petit doigt, murmurai-je amèrement.

— Rassure-toi. Nous viendrons ramasser les morceaux. »

7

Les mamies

Curieux comme l'odeur d'un commissariat de police peut vous coller longtemps à la peau. Snape eut la correction de nous faire raccompagner par une voiture de police, et l'odeur nous poursuivit jusqu'à la maison. On dit que les détectives ont du « flair », qu'ils « reniflent » les indices et suivent une « piste comme des chiens de chasse ». Après deux heures d'interrogatoire, je compris le sens de ces comparaisons : le bras puissant de la loi avait besoin d'un déodorant efficace.

Après avoir pris un bain et changé de vêtements, Herbert suggéra d'aller dîner dehors. Je ne discutai pas. Depuis notre aventure à l'hôtel *Splendide,* Herbert s'était tenu remarquablement silencieux et je ne voulais pas troubler ses réflexions. Peut-être envisageait-il de renoncer enfin au métier de détective et de me renvoyer chez nos parents. Malgré cela, je sortis les Maltés de leur cachette pour les emporter avec moi. À présent que je connaissais leur valeur, ils me brûlaient la peau.

Nous descendîmes Fulham en direction de la station de métro de Kensington. Herbert s'obstinait à se taire mais il ne cessait de sursauter. Quand un passant s'arrêta pour me demander l'heure, je vis mon frère plonger derrière une voiture en stationnement et l'y découvris, une minute plus tard, accroupi, faisant semblant de relacer ses chaussures. Il m'aurait convaincu s'il avait eu des lacets à ses chaussures. En réalité, le pauvre était terrorisé et persuadé qu'on nous observait. Le chauffeur de taxi de l'autre côté de la rue, le vieil homme promenant son chien, le couple d'amoureux en train de s'embrasser à l'arrêt d'autobus, il les soupçonnait tous de travailler pour le compte du Gros, de Béatrice von Falkenberg, de la police... ou de n'importe qui.

Nous entrâmes dans un *fast-food* qui s'appelait *Mamies.* Le nom provenait sans doute des hamburgers servis avec une sauce grand-mère et la direction avait eu la brillante idée de n'employer comme serveuses que de vieilles dames à cheveux blancs et lunettes. L'inconvénient, c'était que, pour un restaurant de cuisine rapide, le service traînait en longueur. Quant au chef cuisinier, je le soupçonnais d'avoir dépassé cent ans. Heureusement, la nourriture était convenable et nous n'étions pas pressés. Herbert avait choisi une table près de la fenêtre et insisté pour s'asseoir face à la rue. Pour rien au monde il ne lui aurait tourné le dos.

Nous commandâmes des hamburgers sauce grand-mère, des frites, des boissons chocolatées, et attendîmes en silence qu'on nous servît. Quand nos plats arrivèrent, je saisis le tube de ketchup et le pressai. La sauce tomate jaillit, manqua mon assiette et gicla sur la table voisine. La tache rouge ressemblait à du sang.

Herbert reposa son couvert.

« Nick...

— Oui ? »

Je devinai ce qui allait suivre.

« Cette affaire nous dépasse, Nick. Je veux dire... cela devient dangereux et l'un de nous pourrait recevoir un mauvais coup.

— Comme Johnny Naples ?

— Exactement, acquiesça-t-il en fixant les éclaboussures de sauce tomate. Il n'a pas seulement reçu un mauvais coup, il a surtout été tué.

— Il ne pouvait pas recevoir de plus mauvais coup, en effet.

— J'ai bien réfléchi, Nick. Je... je crois qu'il est temps de te mettre à l'abri. Tu es un brave garçon mais tu n'as que treize ans. C'est une affaire pour Tim Diamant ! »

Incroyable ! Herbert essayait de se débarrasser de moi ! « C'est une affaire pour Tim Diamant. » On aurait juré le sous-titre d'un mauvais film, mais Herbert y croyait sincèrement. Je le voyais déjà en train de se glisser dans la peau du héros, les épaules rentrées, le regard dur. Il ne lui manquait plus que la cigarette vissée au coin des lèvres. Heureusement, la fumée le rendait malade.

« Je pense t'envoyer chez tante Maureen à Slough », poursuivit-il.

Je sursautai. Tante Maureen, la sœur de ma mère, était une femme impotente avec une fausse hanche en plastique, qui habitait une maison isolée et nécessitait les soins constants d'une infirmière. Les rares occasions où j'avais logé chez elle, j'avais fait office d'aide-soignante.

« À moins que tu préfères aller en Australie ? » me suggéra Herbert.

Je pris une profonde inspiration et piquai un

petit paquet de frites du bout de ma fourchette. Quand Herbert s'égarait ainsi, il fallait manœuvrer habilement. Prétexter que le grand Tim Diamant avait besoin de l'aide de son petit frère m'aurait automatiquement propulsé dans le premier avion pour Sydney.

« C'est gentil de t'inquiéter pour moi, Tim, répondis-je prudemment. Je ne voudrais surtout pas t'embêter dans ton travail mais j'avoue que je me sentirais plus en sécurité auprès de toi.

— En sécurité ? s'étrangla-t-il.

— Bien sûr ! Le Gros pourrait très facilement retrouver ma trace, m'enlever, ou faire du mal à tante Maureen.

— Très juste.

— Auprès de toi je ne risque rien. Rappelle-toi l'hôtel *Splendide,* par exemple. Qu'aurais-je fait tout seul ? Ta façon de t'évanouir a été... héroïque. »

Herbert esquissa un sourire modeste.

« Bon. Mais tu n'es pas en train de me faire marcher, n'est-ce pas ?

— Moi ? Pas du tout ! »

Je compris qu'il fallait clore au plus vite la discussion et sortis de ma poche la boîte de Maltés pour la poser sur la table.

« Voilà tout ce dont nous devons nous soucier,

Herbert. Cette boîte représente trois millions et demi de livres et constitue notre unique piste.

— Je ne te suis pas, soupira Herbert.

— Écoute-moi attentivement, expliquai-je en détachant mes mots pour lui rendre la tâche plus facile. Johnny Naples est arrivé en Angleterre avec la clef qui devait lui ouvrir une fortune, or tout ce qu'il possédait était cette boîte de chocolats dont il ne connaissait peut-être pas plus que nous la signification.

— Pourquoi ?

— Parce que, selon Snape, le nain résidait à Londres depuis déjà un mois lorsqu'on l'a assassiné. S'il a passé tant de temps à chercher les diamants, c'est qu'il n'avait qu'une idée très vague du moyen de s'en emparer. Peut-être le Faucon n'a-t-il pas eu le temps de lui communiquer tous les détails avant de mourir. Tu me suis, Herbert ?

— À peu près, continue.

— Bien. Donc, Naples débarque à Londres et loue une chambre à l'hôtel *Splendide* avant d'entamer ses recherches. Malheureusement pour lui, il n'est pas le seul dans la course et suscite l'intérêt de plusieurs personnes. Les mêmes qui s'intéressent à nous. Malgré cela, le nain finit par découvrir le secret des Maltés. Il les emporte partout avec lui, comme on emporte le plan d'un trésor, et les dissimule aux regards indiscrets en les glissant dans une enveloppe. Puis il quitte son hôtel pour se rendre à Fulham et, tout à coup, s'aperçoit qu'il est suivi. Que fait-il alors ?

— Je ne sais pas, admit Herbert d'une voix haletante. Que fait-il ?

— Il entre chez nous. Imagine la scène, Herbert. Il se trouve dans la rue, suivi par un ennemi, et lit ton nom sur la porte. Un détective privé. Voilà exactement ce dont il a besoin ! En outre, il est probable que ton nom l'a frappé.

— Ce n'est pourtant pas un nom de boxeur.

— Tim Diamant... Les diamants, tu saisis ?

— Oh ! je vois.

— Bref, Johnny Naples monte dans ton bureau et nous confie son enveloppe. Tu te souviens comme il avait peur ? Il se sait poursuivi et préfère mettre son précieux paquet à l'abri chez nous en se promettant de revenir bientôt le récupérer.

— Mais il ne revient pas.

— Et pour cause. Quelqu'un le tue avant.

— Exact.

— À présent, les Maltés sont entre nos mains. Si nous découvrons l'endroit où se rendait le nain avant de s'arrêter au bureau, et comment il comptait utiliser cette boîte, nous deviendrons riches.

— Fantastique ! » s'exclama Herbert.

Ainsi que je l'avais espéré, toute idée de m'expédier chez tante Maureen l'avait abandonné.

« Et si les diamants se trouvaient à l'intérieur des chocolats ? suggéra-t-il avec animation après avoir rapidement terminé son assiette.

— Impossible. Trois millions et demi de diamants ne peuvent se loger dans quelques chocolats, d'autant que j'en ai déjà mangé six et qu'ils n'avaient pas le goût de pierres précieuses, je te l'assure !

— Alors ? »

C'était une bonne question. J'entrepris d'examiner la boîte. Laissez-moi vous la décrire tout de suite afin de vous éviter de vous précipiter chez votre confiseur.

Le nom était imprimé en lettres blanches sur un fond rouge et entouré de dessins représentant les petites boules de chocolat. Le même graphisme ornait les quatre faces de la boîte. Sur un côté, on lisait également un message plein de poésie : « La façon la plus agréable de déguster le vrai chocolat. » Suivait le poids : 146 grammes.

Le dos de la boîte en disait davantage : « Chocolats croquants enrobant un léger noyau de miel ». Suivait la liste détaillée des ingrédients qui composaient cette petite merveille, ainsi que la garantie.

Venait ensuite un numéro de code imprimé en rouge : MLB 493, et la date limite de consommation : 28-12-86. Le coin inférieur gauche portait le code-barre informatique (cette série de petits traits parallèles épais ou fins que l'on rencontre désormais sur tous les articles), au-dessus d'un chiffre assez long : 3000 510 0041564. Vous connaissez maintenant la description complète de la boîte de Maltés. Avouez que son sens caché ne sautait pas aux yeux.

La serveuse clopina vers notre table pour prendre la commande des desserts, et nous attendîmes nos tartes grand-mère en silence, plongés dans nos réflexions. La question était de savoir comment dissimuler la clef d'une fortune colossale dans une banale boîte de chocolats et, tout d'abord, pourquoi choisir une telle boîte. La réponse tenait entre nos mains et j'aurais pu la déceler à ce moment-là si un détail important que nous avait fourni le nain ne m'était sorti de la tête. À ma décharge, notez que les interruptions de mon frère n'aidaient guère à ma réflexion.

« À quoi penses-tu, Nick ? Tu as une idée ?

— Non, grognai-je.

— Il pourrait y avoir un message codé sous forme de petits points, par exemple ?

— Il n'y a aucun petit point, Herbert.

— Parce qu'ils sont inscrits à l'encre invisible ! » s'écria-t-il triomphalement.

Je préférai changer de sujet et l'attirer dans une autre direction.

« Essayons de raisonner logiquement, Herbert. Si Naples ignorait au départ la signification exacte de cette boîte, il a dû chercher à l'éclaircir, n'est-ce pas ?

— En effet, mais...

— Donc, si nous découvrons où il s'est rendu et ce qu'il a fait pendant son séjour à Londres, nous percerons aussi le mystère.

— Il est mort, Nick. Par où commencer nos recherches ?

— Pourquoi pas par ceci ? » proposai-je en sortant la pochette d'allumettes que j'avais ramassée dans la chambre du nain.

Le rabat portait la publicité d'un établissement : le *Casablanca Club,* et une adresse à Londres. Trois allumettes manquaient.

« Nous irons dans ce club dès demain, décréta Herbert. Si nous retrouvons la piste du nain pendant son séjour en Angleterre, nous percerons le mystère des Maltés. »

Je faillis renverser mon verre.

« Brillante déduction, Herbert ! » le félicitai-je

en m'abstenant de lui faire remarquer qu'il répétait mes propres paroles.

Cette affaire était peut-être celle du grand Tim Diamant mais, si je parvenais à jouer le jeu à ma façon, le petit frère y prendrait sa part.

8

Le Casablanca Club

Le lendemain matin, nous fûmes réveillés à neuf heures par le technicien qui venait réparer notre téléphone. À peine venions-nous de nous rendormir que Betty débarquait à son tour pour réparer l'appartement. Elle avait apporté une sacoche d'outils et s'attaqua tout d'abord à remettre en état la table de travail d'Herbert, avec force clous et coups de marteau. Il me paraissait incroyable qu'elle pût se donner tant de mal pour cinq livres par jour, mais je me soupçonnais d'éveiller en elle l'instinct maternel, prouesse à laquelle je n'étais jamais parvenu avec ma propre mère.

Pendant qu'Herbert se rasait, je sortis acheter des œufs, du pain et du lait. Notre trésorerie s'épuisant, je dus recourir aux grands moyens et forcer le propriétaire de l'épicerie à me faire crédit en quittant son magasin sans payer. J'échappai de justesse à la badine avec laquelle il tenta de me caresser les côtes mais fus récompensé de mes efforts en composant un petit déjeuner fort honorable pour Herbert et moi.

Après le petit déjeuner, Herbert téléphona au *Casablanca Club* pour se renseigner sur les heures d'ouverture. On lui apprit que le club ouvrait tous les soirs mais que l'entrée en était réservée aux membres. Betty avait dû surprendre des bribes de sa conversation car elle me rejoignit peu après dans la cuisine, la mine renfrognée.

« C'est quoi, le *Casablanca Club* ? s'enquit-elle avec son accent faubourien.

— Un bar de nuit situé dans Charing Cross, lui expliquai-je. Nous nous y rendons ce soir.

— À votre âge on ne fréquente pas les bars, monsieur Nicholas.

— Cela fait partie de notre enquête, Betty. Un de nos clients y a fait un tour, et nous devons y aller aussi. »

Mes arguments ne l'impressionnèrent pas le moins du monde.

« Les bars, grommela-t-elle en secouant ses frisettes blanches. Rien que des repaires de mauvais sujets ! Allez-y si cela vous chante, mais je suis sûre que rien de bon n'en sortira ! »

Malgré les objections de Betty, Herbert et moi nous présentâmes, le soir même, à la porte du *Casablanca Club,* peu après minuit.

Juste derrière la gare de Charing Cross se trouve un quartier qui semble tout droit sorti du XIXe siècle. On descend vers la Tamise en laissant derrière soi les lumières et la circulation et, tout à coup, la nuit vous engloutit. En tendant l'oreille on perçoit les remous de la rivière, et en scrutant l'obscurité on distingue des silhouettes qui se traînent péniblement. C'est le domaine des clochards et des ivrognes, qui dorment sous les porches, emmitouflés dans des manteaux crasseux et de vieux journaux.

Le *Casablanca Club* était situé au milieu de cette étrange cour des miracles et il fallait vraiment le chercher pour le trouver. Quelques marches descendaient vers une porte close surmontée d'une ampoule verte pâlotte. Aucun nom, aucune enseigne. Seules quelques notes de musique qui semblaient filtrer à travers les pavés disjoints laissaient soupçonner que des gens, au milieu de la saleté et de l'obscurité des lieux, étaient en train de s'amuser.

La porte en bois massif se trouvait en contrebas de la chaussée. Quelqu'un devait nous guetter par le judas car le battant s'entrouvrit avant que nous ayons eu le temps de frapper.

« Que voulez-vous ? questionna un homme d'une voix bourrue.

— Pouvons-nous entrer ? questionna Herbert.

— Vous avez votre carte de membre ?

— Eh bien... non.

— Alors filez ! »

La porte se referma. Herbert eut juste le temps de glisser son pied dans l'entrebâillement et il se produisit un curieux craquement quand sa chaussure (et peut-être son pied) se retrouva coincée. La porte s'ouvrit à nouveau et je parvins à me faufiler dans le hall. Un homme chauve en veste de soirée me toisa d'un regard mauvais. Même s'il l'avait souhaité, il n'aurait pu sourire gentiment car son visage aurait alors nécessité une importante opération de chirurgie esthétique.

« Nous sommes des amis de Johnny Naples, lançai-je pour le dérider.

— Il fallait le dire tout de suite !

— Vous ne nous en avez pas laissé le temps. »

Il ouvrit la porte en grand devant Herbert qui sautillait sur le seuil en se massant le pied.

« L'adhésion immédiate vous coûtera dix livres, reprit le chauve. Vous n'avez pàs l'âge requis, ajouta-t-il à mon attention.

— J'ai vingt-cinq ans, mentis-je.

— Vingt-cinq ans ? Vous avez votre permis de conduire ?

— Non, j'ai un chauffeur », répliquai-je en avançant.

Dans la pénombre, je pouvais avoir n'importe quel âge et, de toute façon, j'étais plus grand que Johnny Naples ne l'aurait jamais été. Je laissai Herbert régler l'adhésion au club et pénétrai dans le bar. De manière assez cocasse, le maître d'hôtel me confondit justement avec le nain.

« Monsieur Naples ! » s'exclama-t-il avec un large sourire avant de me conduire avec empressement vers une table.

La salle était spacieuse mais tellement enfumée que mes yeux s'embuèrent. Il y avait plus de fumée dans l'air que d'air dans la fumée. Je m'assis et desserrai ma cravate.

« Bonsoir, monsieur Naples, me salua un serveur en déposant devant moi un seau argenté et deux verres. Avec les compliments de la maison ! »

Le seau contenait une bouteille de champagne

plongée dans des glaçons. Je me grattai la tête, per-plexe. De toute évidence, le nain avait été un client régulier mais je me demandai ce qu'il avait fait de régulier au *Casablanca,* hormis boire du cham-pagne.

Je jetai un coup d'œil curieux autour de moi. Une centaine de clients se trouvaient là, attablés ou accoudés au bar de marbre. Un bourdonnement continu de conversations aussi dense et envelop-pant que la fumée emplissait l'atmosphère. Une piste de danse occupait le fond de la salle, mais il n'y avait pas d'orchestre, seulement un pianiste noir qui caressait les touches de son clavier de ses doigts boudinés mais alertes. Juste en face de ma table se dressait une scène, de la taille que l'on peut attendre dans ce genre de lieu, c'est-à-dire exiguë. La salle était dépourvue de fenêtres et de ventila-tion, et la fumée semblait autant étouffer la lumière et les plantes vertes qu'elle m'étouffait moi-même.

Je goûtai le champagne et, pour une première expérience, je ne peux pas dire que cela me plut. Mais j'avais soif et c'était gratuit. Au moment où Herbert me rejoignait en ronchonnant sur les dix livres qu'il avait dû débourser, un projecteur troua la pénombre et la fumée pour éclairer la scène où se glissait une femme d'une cinquantaine d'années, vêtue comme si elle en avait trente, couverte de bijoux clinquants qui brillaient de mille feux et probablement destinés à détourner l'attention de celle qui les portait. Elle avait dû être belle, à une époque, mais le temps ne l'avait guère épargnée. Sa voix s'était voilée, sa gorge avachie.

Je bus d'un trait mon verre de champagne. Les bulles me montaient directement dans le nez et dansaient derrière mes yeux. L'assistance se tut et le pianiste noir attaqua une mélodie connue sur laquelle la femme chanta d'un air lointain et indifférent. Elle enchaîna ainsi deux ou trois chansons que le public applaudit chaleureusement avant de reprendre les conversations. Puis, à ma grande surprise, la chanteuse descendit de son estrade pour s'avancer tout droit vers notre table et s'assit en face de moi. À ce moment-là seulement, elle comprit sa méprise.

« Vous n'êtes pas Johnny, constata-t-elle d'un ton las.

— Nous sommes de ses amis, mademoiselle...

— Bacardi. Lauren Bacardi. Où est Johnny ? »

À sa façon d'évoquer le nain, je devinai que le petit homme avait compté parmi ses intimes et je craignis qu'elle n'accueille mal la nouvelle.

« Johnny est mort, répondit Herbert avec son manque de tact coutumier.

— Mort ?

— Oui... mort. »

Lauren Bacardi alluma une cigarette, davantage sans doute pour se donner une contenance que par envie, car la fumée ambiante suffisait à satisfaire le besoin de nicotine du fumeur le plus acharné.

« On l'a... tué ? demanda-t-elle.

— Oui, on l'a assassiné, acquiesçai-je en vidant ma deuxième coupe de champagne (plus je buvais, plus cela me plaisait). Vous le connaissiez bien ?

— Nous étions amis », répondit-elle lentement, le regard absent.

À ce moment, je crus qu'elle allait se lever et sortir à jamais de notre vie. Compte tenu de la suite des événements, c'est d'ailleurs ce qu'elle aurait dû faire, mais le pianiste jouait un blues à vous fendre l'âme qui l'encouragea à s'épancher.

« Je connaissais Johnny depuis dix ans mais... je l'ai rencontré pour la première fois il y a un mois. En réalité, nous étions correspondants. Il vivait en Amérique du Sud, et moi ici... Vous allez rire : nous sommes tombés amoureux par la poste ! Pendant dix années de correspondance, il a soigneusement évité de m'avouer qu'il était nain. Je l'ai découvert à sa première visite, il y a un mois, alors que j'avais plus ou moins accepté de l'épouser. Le traître... »

Elle tira une longue bouffée de sa cigarette, j'avalai une autre coupe de champagne. Herbert nous observait l'un et l'autre avec inquiétude.

« Un beau jour, Johnny a sonné à ma porte, reprit Lauren Bacardi. Il a d'ailleurs eu du mal à atteindre la sonnette. Il avait une foule de projets. À l'entendre, nous allions devenir riches et acheter une jolie maison dans le sud de la France avec des plafonds bas. Johnny détestait les plafonds hauts. Il prétendait connaître le moyen de gagner plus de trois millions de livres.

— Portait-il quelque chose ? questionnai-je. Une boîte, par exemple.

— Vous faites allusion aux chocolats ? dit Lauren en souriant. Bien sûr. Il ne se déplaçait jamais sans eux. Il les savait précieux, mais sans comprendre pourquoi. Cela le rendait fou... s'il ne l'était déjà. Comment une boîte de chocolats peut-elle valoir autant ? »

Herbert me confisqua d'office la coupe de champagne que je m'étais remplie et je ne protestai pas car, tout à coup, je le vis se dédoubler et la tête me tourna.

« Finalement, il n'avait peut-être pas tort, poursuivit pensivement Lauren. Sinon pourquoi l'aurait-on tué ? Johnny n'a jamais fait de mal à personne, il était bien trop petit et puis... il avait si peur. Il a refusé de venir habiter chez moi et a pré-

féré se cacher dans un hôtel miteux. Chaque fois que nous sommes sortis ensemble il s'est comporté comme un homme traqué. Je le croyais victime de son imagination. C'est bien ma chance, soupira Lauren en laissant rouler une larme noire de mascara le long de sa joue. Johnny venait justement de trouver enfin la réponse qu'il cherchait.

— Il avait découvert les diamants ? s'exclama Herbert.

— Non, seulement l'énigme de ses fameux chocolats. Nous étions en train de nous promener quand, brusquement, il a aperçu quelque chose qui a tout éclairé.

— Qu'a-t-il aperçu ? » demandai-je en même temps qu'Herbert.

Malheureusement, l'intervention impromptue du serveur interrompit Lauren.

« Mademoiselle Bacardi ? Quelqu'un vous réclame à l'entrée pour vous remettre des fleurs.

— Des fleurs pour moi ? s'étonna la chanteuse. Oh... Très bien, j'y vais. J'en ai pour une minute », s'excusa-t-elle en se levant.

Je la regardai s'éloigner vers la porte, suivie par le serveur, et saisis machinalement la bouteille de champagne pour remplir ma coupe.

« As-tu la moindre idée du prix d'une bouteille

de champagne ? gronda Herbert en arrêtant mon geste.

— Peu importe, la maison nous l'offre, Herbert.

— D'accord mais... tu n'as que treize ans. Que dirait maman ? »

Une fraction de seconde, ma mère me manqua, et je compris alors que j'avais vraiment trop bu.

Herbert se tut, moi aussi. Puis une petite voix se mit à chuchoter dans mon oreille. C'était la voix de ma raison qui tentait de me faire prendre conscience de ce qui m'aurait tout de suite paru évident si je n'avais pas abusé du champagne. Un détail clochait. J'effectuai un rapide retour en arrière et les brumes de l'alcool se déchirèrent brusquement. Les fleurs, voilà ce qui clochait ! Pourquoi le serveur avait-il entraîné Lauren à la porte au lieu de lui apporter son bouquet ? En outre, par pure coïncidence peut-être, le serveur s'était exprimé avec un accent germanique.

Je bondis avant même de m'en rendre compte, indifférent aux appels d'Herbert, et fonçai à travers la foule de clients sans me soucier de leurs protestations ni des bruits de verres cassés. Pour une fois, je me félicitai de n'avoir pas encore atteint ma taille adulte. Je franchis tous les obstacles et me retrouvai sur le seuil avant qu'on ait pu stopper mon élan.

L'air froid me gifla comme une femme en colère.

Les restes de ce qui avait été un bouquet de fleurs étaient éparpillés sur les marches, pétales arrachés et tiges brisées. Un cri déchira la nuit. C'était la voix de Lauren Bacardi. Je grimpai les marches quatre à quatre et atteignis la chaussée juste à temps pour apercevoir la chanteuse propulsée à l'intérieur d'une camionnette bleu sombre par un homme qui claqua la portière derrière elle avant de s'engouffrer sur le siège avant. La voiture démarra, moi aussi.

Je m'élançai dans une course folle sans réfléchir. Peut-être espérais-je ouvrir le hayon de la camionnette pour libérer Lauren. Je m'accrochai désespérément à ce que je pus saisir et m'écrasai contre la carrosserie comme un hamburger sur un gril. Les pieds agrippés sur le pare-chocs, une main glissée dans la poignée, l'autre sur la cornière, plaqué les bras en croix à l'arrière de la voiture, je parvins à résister jusqu'au premier virage. Là, le conducteur freina avant de bifurquer brutalement et d'accélérer. Je fus éjecté et effectuai une sorte de saut périlleux sans comprendre ce qui m'arrivait. Je crois que je fermai les yeux et priai.

Une seule certitude : la camionnette m'avait faussé compagnie. Elle avait viré à gauche, moi à droite. J'aurais dû, j'aurais pu mourir. Toutefois, si vous vous promenez une nuit dans ce quartier de

Londres, vous remarquerez les monceaux de détritus déposés par les nombreux bureaux du voisinage à l'intention des bennes à ordures. Ma chute fut amortie par une montagne de cartons et de sacs remplis de papiers passés à l'effilocheuse. Une véritable pile de coussins. Je subis quelques contusions mais aucun dégât irréparable.

Herbert arriva sur les lieux une minute plus tard, la mine atterrée. Il avait dû me croire mort car il faillit s'évanouir en me voyant m'extraire péniblement de mon matelas de poubelles.

« Herbert, tu as pu relever le numéro de la voiture ? »

Sa bouche s'ouvrit puis se referma sans qu'un seul son en sortît. Brillante imitation d'un poisson hors de l'eau. Mais je n'étais pas d'humeur à applaudir.

« Le numéro d'immatriculation ? répétai-je.

— Non, je...

— Pourquoi ?

— Tes jambes étaient juste devant, Nick. »

Manifestement, il me prenait pour un ressuscité. Je jetai un coup d'œil dans la rue déserte. Avec Lauren Bacardi, on venait de nous enlever notre seule chance de découvrir le secret des Maltés.

« Rentrons à la maison en taxi », soupirai-je.

9

Belle journée pour un enterrement

Le lendemain, le réveil fut pénible. J'ouvris un œil, le refermai aussitôt, et replongeai la tête dans l'oreiller avec un grognement. Je sentais quelque chose de désagréable dans ma bouche que je tentai vainement de recracher. C'était ma langue. Dehors il pleuvait. J'entendais l'eau crépiter contre les vitres et goutter par la lézarde du plafond de la salle de bains. Je risquai un coup d'œil vers la fenêtre : encore un de ces jours gris et maussades. J'espérais que deux cachets d'aspirine balaieraient cette sinistre vision, mais le mauvais temps résistait à tout.

Il me fallut environ vingt minutes pour m'extraire de mon lit. Mes acrobaties de la nuit se révélaient plus douloureuses que prévu, mon épaule droite se teintait d'une intéressante harmonie de bleu et noir, et mes doigts me faisaient souffrir dès que je les bougeais. Pas seulement les doigts : tout ce que je bougeais me causait une douleur. Malgré cela, je parvins à m'échapper de mon édredon puis, morceau par morceau, redonnai vie à ma carcasse endolorie. Une heure plus tard, je descendis tant bien que mal à la cuisine. Il pleuvait toujours.

Herbert lâcha le journal qu'il était en train de lire pour mettre la bouilloire à chauffer. Il arborait un sourire satisfait.

« Belle journée pour un enterrement, n'est-ce pas ?

— Très amusant, grommelai-je en sortant la trousse à pharmacie.

— Je ne plaisante pas », insista-t-il en me montrant le journal.

La boîte en plastique rouge ornée d'une croix blanche ne contenait qu'un rouleau de sparadrap et un flacon de pastilles contre la toux. Manifestement, Herbert ne redoutait pas une épidémie de peste bubonique. Je rangeai la trousse en grognant et jetai un coup d'œil au journal.

Herbert ne plaisantait pas, en effet : un enterrement était annoncé pour le jour même. Pourtant, sur le moment, je mesurai mal son importance, car mes facultés de raisonnement se trouvaient singulièrement amoindries. Le défunt s'appelait Henry von Falkenberg. Le Faucon avait fini par revenir au pays.

Le journal ne mentionnait ni sa fortune, ni même la nature de ses occupations. En réalité, l'article n'était qu'un de ces encarts bouche-trous que l'on insère entre les mots croisés et la rubrique de jardinage quand on manque de sujets. Il y était simplement question d'un riche homme d'affaires vivant en Bolivie et désireux d'être enterré en Angleterre, dont le dernier voyage avait été semé d'embûches. Ainsi, une grève des bagagistes avait éclaté à l'aéroport de La Paz le jour du rapatriement de sa dépouille, et le cercueil avait subi le même sort que les autres marchandises. Le défunt Faucon avait donc partagé un conteneur frigorifique avec un chargement de bœuf en conserve d'Argentine pendant les quatre semaines qu'avait duré la grève.

Celle-ci enfin terminée, Henry von Falkenberg pouvait rejoindre la terre de ses ancêtres dans le caveau familial, à deux pas de chez nous. L'occasion était trop belle. Combien des noms griffonnés par l'inspecteur-chef Snape sur son tableau noir viendraient-ils rendre leur dernier hommage à l'illustre Faucon ? Le spectacle s'annonçait passionnant.

Herbert feuilleta l'annuaire à la recherche du numéro de téléphone du cimetière en me demandant de le noter pour lui car il ne pouvait faire deux choses à la fois.

« L'enterrement a lieu à midi, m'annonça-t-il après avoir raccroché. Tenue recommandée : cravate noire et bottes de caoutchouc. »

Le cimetière de Brompton se situe à l'intersection de Fulham Road et de Brompton Road, à un jet de ballon du terrain de football. Il m'était souvent arrivé de m'y promener, le dimanche, car l'endroit est moins sinistre qu'on pourrait le croire. Après tout, les espaces verts n'étaient pas si nombreux dans le quartier et, par beau temps, la promenade y était aussi plaisante qu'une autre. L'essentiel, quand on entre dans un cimetière, est de pouvoir en sortir, ce qui n'est pas donné à tout le monde, ne l'oubliez pas.

De Fulham, on franchit un grand portail en fer noir pour suivre une allée, et il faut attendre d'apercevoir les premières tombes pour comprendre dans quel endroit on se trouve. Par « premières », j'entends également les premières dans le temps, car c'est la partie la plus ancienne du cimetière, la plus romantique aussi, avec l'herbe grasse et haute qui engloutit les vieilles pierres tombales à moitié effondrées. Ensuite, on bifurque vers un terre-plein entouré de constructions funéraires de style victorien, suivies d'une étendue de verdure ponctuée de croix dressées comme les mâts d'une flotte prise dans les glaces.

Nous arrivâmes à l'entrée cinq minutes avant midi, pataugeant dans la boue, le col de nos imperméables relevés pour nous protéger de la pluie. Une douzaine de personnes avaient, comme nous, bravé les intempéries pour faire leurs adieux au Faucon. La Compagnie argentine de bœuf en conserve avait eu, pour sa part, la délicate attention d'envoyer une gerbe de fleurs à celui qui avait partagé son conteneur frigorifique. En revanche, une surprise désagréable nous attendait : l'inspecteur-chef Snape était là, la mine aussi peu chaleureuse que les employés des pompes funèbres, escorté du fidèle Boyle, boudiné dans un costume noir fripé, un brassard de deuil autour du bras. Ce dernier devait plus souvent provoquer des enterrements qu'y assister.

« Simple et Simple ! nous accueillit Snape avec un sourire goguenard. Justement, je projetais de vous rendre visite à l'issue de cette petite réunion.

— Pourquoi ? s'inquiéta Herbert.

— Le commissariat de Charing Cross nous a transmis un rapport concernant la disparition d'une chanteuse, la nuit dernière. Une certaine Lauren Bacardi qui, apparemment, aurait été enlevée. Un gamin semble être impliqué. Vous savez qui nous suspectons, je suppose ?

— Fouillez-moi, vous verrez que je ne l'ai pas sur moi, répliquai-je.

— Je le ferai probablement un jour prochain, m'assura Snape en riant. Je pourrais vous inculper tous les deux de meurtre, enlèvement, ivresse de mineur, escroquerie et désordre sur la voie publique. J'ai assez de motifs pour vous boucler immédiatement.

— Pourquoi hésitez-vous ?

— Parce que vous m'êtes plus utiles en liberté. Je ne tiens pas à vous mettre à l'abri dans une cellule, je préfère attendre pour assister à la suite des événements. Allons-y, Boyle, suivons le cortège. »

Nous leur emboîtâmes le pas.

Le caveau de famille des Falkenberg était situé dans la partie ancienne du cimetière, celle où l'herbe haute ensevelissait même les tombes. Un prêtre se tenait à côté d'un mémorial en pierre de la taille d'une cabine téléphonique, surmonté d'une statue représentant un faucon, le bec ouvert et les ailes déployées. Au pied, une tablette de pierre portait une citation de la Bible gravée en relief :

« Le chemin du juste est comme une lumière, dont l'éclat devient plus intense jusqu'au jour parfait. »

Suivaient les noms des Falkenberg décédés : une mère, un père, deux grands-parents, un cousin... sept en tout. Une fosse rectangulaire béante attendait le huitième.

Les employés descendirent le cercueil sans perdre une minute. Il pleuvait plus dru que jamais. Ce fut à peine si l'on entendit la voix du prêtre prononcer le service funèbre. Je mis à profit ce court moment de recueillement pour observer l'assistance, bien que le mauvais temps ne facilitât pas ma tâche à cause des parapluies et des cols relevés qui dissimulaient les visages.

Néanmoins j'identifiai Béatrice von Falkenberg. Ce ne pouvait être qu'elle : une grande femme élégante en vison noir qu'un inconnu abritait sous un parapluie. Une voilette de deuil lui masquait les yeux, mais j'entrevis ses lèvres minces et crispées dans une expression de profond ennui. Malgré le joli petit mouchoir brodé dont elle se tamponnait par instants les yeux, son chagrin me parut bien léger. Pour une ancienne grande actrice, sa composition de veuve éplorée n'aurait pas mérité un Oscar.

En retrait se tenait un homme qui retint mon attention car il était le seul à ne porter ni imperméable ni parapluie. Petit, replet, les cheveux argentés, le nez chaussé de lunettes rondes en acier qui lui faisaient une tête de hibou, il oscillait d'un pied sur l'autre et s'adossait de temps en temps contre une pierre tombale. Manifestement, ce n'était pas le chagrin qui le faisait tituber. Ses yeux restaient fixés sur le monument funéraire des Falkenberg, mais il avait l'esprit ailleurs.

Qui d'autre ? Je reconnus le reporter du journal local qui nous avait consacré un article lorsqu'Herbert avait ouvert son agence de détective. À part lui, Snape, Boyle et la veuve, les autres m'étaient inconnus. Impatient de courir se mettre à l'abri, le prêtre se mit à débiter ses prières en avalant la moitié des mots pour clore plus vite. Son surplis était maculé de boue, les pages de sa Bible se gondolaient et, quand il voulut jeter la poignée de terre symbolique dans la tombe, le vent la lui rejeta en pleine figure. Il cligna des yeux, bredouilla un *Amen* et s'éclipsa en courant. Béatrice von Falkenberg lui emboîta le pas, suivie de plusieurs personnes. Snape et Boyle fermaient la marche. L'homme à figure de hibou enfonça les mains dans ses poches et s'éloigna dans la direction opposée, tandis que nous restions près de la tombe.

« Très émouvant, très touchant », remarqua une voix familière provenant de sous un gigantesque parapluie multicolore.

Le Gros, bien sûr. J'aurais pourtant dû me douter de sa présence !

« Ravi de vous voir », ajouta-t-il d'un ton qui disait le contraire.

Je n'avais qu'une envie : quitter cet endroit et rentrer me mettre à l'abri.

« Viens », dis-je à Herbert.

Mais le Gros me barra le chemin.

« Si vous aimez les enterrements, vous allez être comblés, tous les deux. Je comptais justement en organiser un... Le vôtre.

— Je suis trop jeune pour mourir, répliquai-je. Expliquez-moi plutôt ce qui vous amène ici.

— Von Falkenberg et moi étions de vieux amis, des amis très proches. Il possédait une qualité que j'admirais énormément...

— Sa fortune, je suppose ? En ce qui nous concerne, nous n'avons pas retrouvé cette fameuse clef que vous cherchez. Vous devriez interroger Gott et Himmel. »

De toute évidence, le nom des deux Allemands ne lui était pas étranger. Ses petits yeux se plissèrent et sa bouche se tordit comme s'il venait d'avaler un de ses grains empoisonnés.

« Mais nous poursuivons nos recherches, s'empressa d'ajouter Herbert. Nous vous préviendrons dès que...

— Je vous accorde encore deux jours, le coupa le Gros en détachant l'œillet de sa boutonnière pour le jeter sur la tombe. Il vous reste peu de temps ! »

Sur ce, il nous tourna le dos et s'éloigna. J'en avais assez. Nous avions commis une erreur en venant à l'enterrement (une erreur fatale, compte tenu de l'endroit). Nous n'y avions rien gagné, hormis peut-être une pneumonie et des rencontres que j'aurais préféré éviter. Herbert éternua.

« J'ai besoin d'un bon whisky », lança-t-il d'une voix forte.

Je ne fis aucun commentaire mais j'étais convaincu que, une fois de retour à la maison, il se précipiterait à la cuisine pour se confectionner un breuvage à base d'huile de foie de morue. J'avais tort : la suite de la journée se déroula de façon imprévisible.

En chemin, nous nous arrêtâmes à la banque pour encaisser le chèque de notre mère, ce qui me permit d'acheter un tube d'Alka Seltzer et une boîte de Maltés.

« Que comptes-tu en faire ? s'étonna Herbert.

— Soigner ma migraine.

— Je parle des chocolats. »

Je le lui expliquai. Quiconque avait enlevé Lauren Bacardi devait désormais savoir que Johnny Naples avait passé le dernier mois de sa vie avec une boîte de Maltés dans sa poche, et la rechercher fébrilement. La fameuse boîte était toujours dissimulée sous le parquet du bureau d'Herbert mais j'espérais créer une diversion avec une seconde boîte que je laisserais dans un endroit visible, pour le cas où des curieux s'introduiraient à nouveau chez nous.

Arrivés à la maison, nous nous égouttâmes quelques minutes sur le paillasson avant d'entrer. Je ne me souviens plus d'avoir remarqué que la porte n'était pas verrouillée. Avec cette pluie, ma seule préoccupation était de me mettre à l'abri. Sur le palier du premier étage, Herbert éternua à nouveau. La porte du bureau était entrebâillée et, cette fois, je m'en aperçus.

Herbert entra le premier et se dirigea tout droit vers sa table où je le vis ramasser quelque chose.

« Je me demande ce que ça fait là », l'entendis-je murmurer.

Je ne lui prêtai aucune attention. Mes yeux fixaient le corps effondré devant la fenêtre. Il me

fallut une minute pour me rappeler où j'avais vu cet homme, alors que j'aurais pu m'épargner un effort de mémoire en examinant son uniforme. Il s'agissait de Lawrence, le chauffeur noir du Gros. Il portait encore ses lunettes opaques mais l'un des verres était étoilé, troué par la balle qui lui avait traversé le crâne.

« Nick », murmura Herbert d'une voix molle.

Je levai les yeux sur lui. Ce qu'il avait ramassé sur son bureau et examiné avec tant de perplexité n'était autre qu'un revolver noir et, bien entendu, il le tenait dans la main.

Bien entendu aussi, la porte s'ouvrit à cet instant précis devant Snape et Boyle qui nous avaient suivis et nous surprenaient, une fois encore, dans une fâcheuse posture : moi agenouillé devant un cadavre, Herbert tenant l'arme du crime. Les deux policiers nous dévisageaient avec stupéfaction.

« Vous avez...

— Non, se lamenta Herbert.

— Je n'arrive pas à y croire », soupira Snape.

10

Des larmes de crocodile

Herbert et moi passâmes la nuit au commissariat de Ladbroke Grove. N'ayant jamais dormi derrière des barreaux, je fermai à peine l'œil. Herbert avait d'office réquisitionné la couchette inférieure. Comme il avait attrapé un rhume au cimetière, chaque fois que je me sentais glisser dans le sommeil, ses éternuements intempestifs me réveillaient. En outre, sachez qu'une couchette de prison n'est guère confortable : une planche étroite, un matelas de deux centimètres d'épaisseur, une couverture.

« Nick ? »

La voix désincarnée d'Herbert semblait flotter dans l'obscurité. Je n'avais aucune conscience de l'heure.

« Nick, tu es réveillé ?

— Non, je parle en dormant.

— J'ai réfléchi, Nick, reprit-il en éternuant. Finalement, je ne me crois pas fait pour le métier de détective.

— Pourquoi ?

— Eh bien... la police vient de m'inculper de deux meurtres, d'un enlèvement, de désordre sur la voie publique, le Gros veut ma mort et mon enquête n'a pas avancé d'un pouce.

— Tu n'as peut-être pas tort, en effet.

— Dès demain, je raconte toute l'histoire à Snape et je lui remets les Maltés. Je regrette de ne pas les lui avoir donnés tout de suite. »

Ses paroles me firent l'effet d'une douche glacée. Je me réveillai tout à fait. Trois millions et demi de livres en diamants et il comptait les abandonner ! Je me penchai par-dessus la banquette. Il faisait trop noir pour distinguer quoi que ce soit mais j'espérais m'adresser à sa tête et non à ses pieds.

« Écoute-moi attentivement, Herbert, si tu prononces un seul mot au sujet des Maltés, c'est moi qui te tue.

— Nick...

— Non, Herbert. Ces Maltés constituent notre unique espoir. »

Il éternua.

« Mais on va m'envoyer en prison !

— Rassure-toi, je te rendrai visite chaque vendredi. »

Un gardien nous réveilla à sept heures du matin et nous apporta une tasse de thé après nous avoir autorisés à nous laver rapidement. J'eus beau réclamer des œufs au bacon, je n'obtins en retour qu'un regard hargneux. Herbert fut ensuite conduit en salle d'interrogatoire, pendant que Snape me retenait dans son bureau. Boyle se tenait derrière lui, la mine menaçante. Je n'aurais même pas fait confiance à cet homme-là pour prendre mes empreintes digitales, de peur d'y perdre les doigts.

« Tu es libre, m'informa sèchement Snape. Je ne garde que ton frère.

— Combien de temps comptez-vous le retenir ? Noël a lieu dans cinq jours, n'oubliez pas.

— Et alors ?

— Il n'a pas encore acheté mon cadeau. »

Snape demeura imperturbable.

« Nous le retiendrons le temps nécessaire. Je vais demander qu'on t'envoie une aide sociale pour veiller sur toi.

— Moi je veillerai sur lui, se proposa Boyle.

— Certainement pas, grinça Snape.

— C'est lui qui a besoin d'une nounou », remarquai-je.

Boyle fit un pas menaçant dans ma direction, mais Snape le retint par le bras et le poussa dans la salle d'interrogatoire où mon frère attendait, prostré sur une chaise. Je l'entendis éternuer avant que la porte se referme puis, tout à coup, je fus seul.

Je rentrai chez moi, désœuvré. Il n'y avait rien que je puisse faire et je m'installai dans le fauteuil d'Herbert, les pieds sur le bureau, pour réfléchir à l'identité du meurtrier de Lawrence et à son mobile. Vers le milieu de la matinée, j'avais plus ou moins tiré les choses au clair. Laissez-moi vous exposer mes conclusions.

Le Gros nous accorde deux jours pour lui apporter la clef mais, le temps pressant, il décide de fouiller notre appartement. Notre présence à l'enterrement du Faucon lui en fournit l'occasion. Pendant qu'il nous retient au cimetière par un petit bavardage parfaitement gratuit, son chauffeur-homme de main s'introduit chez nous.

De leur côté, les ravisseurs de Lauren Bacardi, probablement Gott et Himmel, ont appris en la questionnant l'existence des Maltés et nous suspectent eux aussi de les détenir. Ils font donc une petite expédition chez nous et tombent nez à nez avec Lawrence. À la suite d'une bagarre, ou tout simplement parce que sa tête leur déplaît, ils le tuent et s'enfuient précipitamment par la fenêtre de la salle de bains pour rejoindre les toits, juste avant notre retour, en nous abandonnant avec le cadavre. Simple, n'est-ce pas ?

Les Maltés se trouvaient toujours dans le tiroir d'Herbert. Les faux, bien sûr, ceux que j'avais moi-même achetés. Je m'apprêtais à extraire la vraie boîte de sa cachette, sous le plancher, lorsque le téléphone sonna.

« Allô ? » dit une voix de femme, douce, hésitante, à l'accent étranger.

Je crus à une erreur de numéro car je ne connaissais aucune femme douce, hésitante ou étrangère, mais je me trompais.

« J'aimerais parler à Tim Diamant, reprit la femme.

— Il est absent. Je suis son associé.

— Son associé ?

— Oui. Mais, en ce moment, je suis le seul à travailler. Que puis-je faire pour vous ? »

Il y eut un silence, ma correspondante réfléchissait.

« Pourriez-vous venir à Hampstead ? J'ai besoin de vous voir le plus tôt possible.

— Qui êtes-vous ?

— Béatrice von Falkenberg. »

Ainsi donc, la veuve noire entrait en action. Que voulait-elle de moi ?

« Supposons que je sois occupé ?

— Je vous dédommagerai, me promit-elle.

— Vous m'offrez le ticket de métro ?

— Prenez un taxi. »

Elle m'indiqua une adresse à Hampstead et me fixa rendez-vous à midi. Même s'il s'agissait d'une ruse pour m'attirer hors de chez moi et fouiller l'appartement à loisir, mes arrières étaient couverts grâce aux faux Maltés.

Je changeai de chemise et me passai un coup de peigne. Cela ne me donna pas meilleure mine, mais au moins avais-je l'air à peu près présentable. De toute façon, la veuve ne se soucierait probablement pas de ma tenue vestimentaire.

J'étais bien décidé à lui compter le prix d'une course en taxi mais préférai me rendre à Hampstead en métro. Au cas où vous ne le sauriez pas, Hampstead est situé au nord de Londres dans ce que l'on appelle la « ceinture verte ». Par verte entendez argentée, car il ne suffit pas d'être riche pour habiter Hampstead, il faut l'être immensément. Les gens y roulent en Rolls et même les poubelles sont équipées de systèmes d'alarme. Une contractuelle m'indiqua le chemin et j'arrivai bientôt devant l'aire du Faucon : une propriété gigantesque perchée sur une colline couverte de bruyère. Celui qui a prétendu que le crime ne paie pas aurait dû y faire un tour. C'était le genre de maison dont j'avais toujours rêvé (le seul fait d'y rêver devait déjà coûter très cher). Dix chambres, peut-être davantage, pour le seul premier étage. Au rez-de-chaussée, j'entrevis une cuisine de la taille d'une salle à manger de réception, une salle à manger de la taille d'une piscine, et une piscine qui occupait toute une aile, à moins que ce fût la salle de bains.

J'avançai jusqu'à la porte d'entrée, tirai la sonnette qui se révéla être une cloche et dont le ding-dong résonna comme dans une cathédrale, et attendis qu'un majordome daignât m'ouvrir. Curieusement, ce fut Béatrice von Falkenberg en personne qui m'accueillit. Elle me toisa d'un regard indifférent et vaguement méprisant qui laissait mal présager de nos futures relations.

« Vous désirez ?

— Je suis Nick Diamant, me présentai-je en utilisant le pseudonyme de mon frère. Vous m'avez prié de venir.

« — Oh ! je... j'attendais un homme plus âgé.

— Si vous préférez, je peux revenir dans vingt ans.

— Non, non, entrez. »

Je la suivis, aussi mal à l'aise qu'un gosse débraillé obligé de faire une révérence. Pour une veuve, Béatrice von Falkenberg était jeune : environ quarante ans, des cheveux noirs qui lui auréolaient la tête comme un bonnet de douche, le teint pâle, des lèvres rouge carmin. Elle portait une sorte de robe d'intérieur fendue jusqu'à la taille et marchait avec grâce. Tout en elle évoquait la classe, du fume-cigarette en ivoire qu'elle tenait négligemment d'une main, au grand plat en argent garni d'énormes morceaux de viande crue qu'elle tenait dans l'autre.

« J'allais donner à manger à mon petit trésor, m'expliqua-t-elle.

— Chien ?

— Non, ce doit être du bœuf », répondit-elle en regardant le plat de viande.

Nous étions arrivés dans la salle où se trouvait la piscine. Autour du bassin, il y avait assez de place pour organiser une réception. J'imaginais fort bien de nombreux invités installés dans de confortables fauteuils en rotin en train de siroter les cocktails que leur préparait un maître d'hôtel, derrière son bar. Une seule différence entre la réalité et mon imagination : il n'y avait ni fauteuils, ni bar, et j'étais l'unique invité. En jetant un coup d'œil autour de moi, je pris subitement conscience que, si c'était bien une maison de milliardaire, les milliards avaient déserté les lieux. Les murs ne conservaient des tableaux qui les avaient ornés que des traces blanches, les tringles avaient perdu leurs rideaux et les plantes vertes avaient succombé à la sécheresse. Le palais était une coquille vide qui abritait en tout et pour tout une veuve en robe d'intérieur, un fume-cigarette et un plat en argent.

« Fido ! appela Béatrice en s'approchant de la piscine. Viens vite, mon trésor ! »

Une masse sombre émergea soudain de l'eau. J'avalai péniblement ma salive. Outre la veuve, le fume-cigarette et le plat en argent, la maison abritait également un crocodile. J'aime beaucoup les crocodiles sous la forme de porte-monnaie ou de sac à main, mais celui-ci était bien vivant et frétillait dans le grand bassin, ses horribles yeux noirs fixés sur son casse-croûte.

« Ne craignez rien, tenta de me rassurer la veuve. Fido adore les étrangers.

— Crus ou cuits ? »

Elle esquissa un sourire et jeta à son petit trésor

un morceau de viande qu'il happa avec un inquié-
tant claquement de mâchoires.

« Je veux les Maltés, reprit la veuve sans me
regarder.

— Quels Maltés ? »

Elle saisit un deuxième morceau de viande et
s'arrangea pour le jeter à nos pieds afin d'obliger
le crocodile à s'approcher.

« Ils appartenaient à mon mari, le nain les a
volés, je veux les récupérer.

— Avez-vous un permis pour ce... cette créature ? questionnai-je sans cesser de fixer l'animal
qui s'avançait beaucoup trop près à mon goût.

— Je l'ignore. C'est un cadeau de mon défunt
mari.

— Vous ne préférez pas les chats ?

— Fido les mangerait. »

Une envie furieuse de tourner les talons et de
fuir loin de cette maison me saisit, mais je n'étais
pas certain d'atteindre la porte. Le crocodile avait
beau avoir de petites pattes, les miennes pesaient
du plomb. Il se dandinait à un mètre de moi, ses
yeux noirs fixés sur moi comme s'il attendait que
je fasse un mouvement. Cette entrevue prenait des
proportions démentes. Jamais encore on ne m'avait
menacé avec un crocodile.

« Les Maltés ne sont pas en ma possession,

répondis-je d'une voix faible. C'est Tim qui les garde.

— Où est-il ?

— En prison. Au commissariat de Ladbroke Grove. »

Béatrice von Falkenberg se tut un moment en m'étudiant d'un regard glacial. Ses yeux me sondaient pour découvrir si je mentais. Finalement elle dut me croire car elle éclata soudain de rire et jeta le reste de la viande dans la piscine. Le crocodile plongea.

« Vous me plaisez, Nick. Vous êtes brave », me complimenta-t-elle en m'entourant les épaules de son bras.

La menace n'ayant pas réussi, elle essayait le charme. Mais sans plus de succès car, à choisir, je préférais encore le crocodile.

« Henry von Falkenberg est mort en emportant sa fortune avec lui, m'expliqua-t-elle d'une voix douce. Cette maison ne m'appartient pas, Nick. J'ai dû vendre tout le mobilier pour payer le loyer et je vais être obligée de confier Fido au zoo car je n'ai pas les moyens de le garder. Avec lui, je perdrai mon unique ami, ajouta-t-elle les yeux embués de larmes (des larmes de crocodile, bien entendu). Il me reste un seul espoir : les Maltés. Ils me reviennent de droit, Henry souhaitait me les léguer.

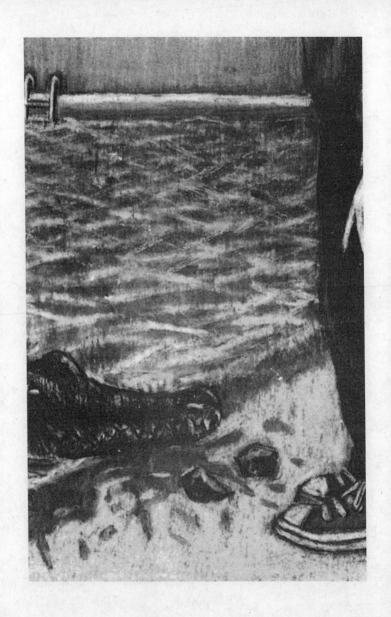

— Qu'ont-ils de si spécial ?

— Pour vous... rien. Pour moi ils sont inestimables. Je vous verserai cinq cents livres si vous me les rendez.

— Vous prétendiez être ruinée, lui fis-je observer.

— Je trouverai l'argent. Après tout, Fido finira peut-être sous forme de valise, de sacs à main et de chaussures, soupira-t-elle en me reconduisant à la porte. Je vous en prie, Nick, tâchez de convaincre Herbert. Dès que la police l'aura relâché, apportez-moi les Maltés, je vous verserai la somme promise.

— Et la course du taxi ?

— Je vous rembourserai quand vous reviendrez avec les Maltés, me promit-elle en refermant la porte derrière moi.

— À bientôt, crocodile », murmurai-je.

Ainsi c'était donc cela, Béatrice von Falkenberg ! Une étrange femme solitaire qui partageait ses souvenirs avec une non moins étrange créature sauvage.

Je revins à pied jusqu'à la station de métro de Hampstead, l'esprit obsédé par deux questions. Premièrement : si le Faucon avait jalousement gardé le secret de ses diamants, comment sa femme connaissait-elle l'existence des Maltés ? Et par qui

131

l'avait-elle apprise ? Deuxièmement (et ce point me troublait encore plus que le premier) : pourquoi Béatrice von Falkenberg avait-elle appelé mon frère Herbert, alors qu'elle n'était pas censée connaître son véritable prénom et que je ne le lui avais pas dit ?

11

Un tueur sous la pluie

Je ne rentrai pas à l'appartement de la journée. Sans Herbert, l'ambiance y aurait été différente : plus tranquille, moins dangereuse, plus agréable, mais différente. Le sort de mon frère m'inquiétait. Je craignais que Snape et Boyle ne l'aient achevé. D'un autre côté, s'il leur avait parlé des Maltés, c'est moi qui l'achèverais. Dans un cas comme dans l'autre, le pauvre était dans les ennuis jusqu'au cou et, plus tôt je découvrirais le fin mot de l'histoire, mieux cela vaudrait pour sa santé.

Les choses auraient évolué autrement si Lauren Bacardi avait eu le temps de me raconter les faits et gestes du nain au moment où il avait brusquement découvert la signification des Maltés. Un mauvais pressentiment me disait que, si je devais un jour revoir la chanteuse, ce serait dans l'au-delà. Ses ravisseurs ne jouaient pas pour rire et je craignais qu'elle ait déjà plus de plomb dans le corps qu'un faisan le jour de l'ouverture de la chasse.

Restait la piste du nain. Même s'il mangeait déjà les pissenlits par la racine, j'espérais apprendre quelque chose en suivant ses traces. Sa pochette d'allumettes m'avait mené à Lauren Bacardi, sa chambre recelait peut-être encore d'autres indices. Je pris donc le métro jusqu'à Notting Hill Gate pour descendre à pied Portobello Road jusqu'à l'hôtel *Splendide*.

En chemin, je passai devant la boutique d'Hammett. Le vieil homme se tenait derrière sa vitrine. Il dut m'apercevoir et téléphoner alors à l'hôtel. Ce fut en tout cas ce que je déduisis après coup, de même que Jack Splendide dut, lui aussi, alerter quelqu'un de ma visite par téléphone. Je le répète, ce ne sont que des suppositions, néanmoins il me fallut dix minutes pour me rendre à l'hôtel, donc assez de temps pour arranger ma mort.

L'hôtel *Splendide* était tel que dans mon souvenir, mollement appuyé contre la route surélevée. Le policier déguisé en ivrogne et son chien avaient dis-

paru, bien entendu, mais les poubelles continuaient de monter la garde devant l'entrée, dégor-
geant leur trop-plein dans le caniveau. Il n'était que
trois heures de l'après-midi, pourtant la nuit tombait déjà. Le soleil pâlot glissait derrière l'horizon
comme un ivrogne derrière le comptoir. Un vieil
homme chargé de sacs en plastique bourrés de
bric-à-brac passa devant moi, allant de nulle part
vers nulle part. Un vent froid soufflait des détritus
sur la chaussée. Déprimant, n'est-ce pas ? Nous
étions à cinq jours de Noël et j'étais passablement
déprimé moi-même.

J'entrai dans l'hôtel. Jack Splendide était assis
derrière son comptoir comme la première fois, en
train de feuilleter un magazine tellement souillé
que je le soupçonnai d'avoir déversé dessus son
déjeuner. Il mâchonnait son éternel mégot de
cigare (probablement toujours le même) et arborait la même chemise crasseuse qu'il devait déjà
porter avant ma naissance.

« Bonjour, dis-je.

— Qu'est-ce que tu veux ? »

Il avait décidément un sens de l'accueil assez
particulier.

« Une chambre.

— Combien de temps ?

— Une heure.

— Je ne loue qu'à la nuit. Ça va te coûter cinq livres, six avec un lit. »

Je ne lui demandai pas ce que les gens faisaient d'une chambre sans lit. Je m'étais arrangé pour récupérer l'argent d'Herbert avant que l'on nous sépare et je comptai six livres que Splendide rafla d'une main avide avant de se lever pour décrocher une clef.

« La chambre 39, précisai-je.

— Et si elle est déjà occupée ?

— J'aperçois la clef sur le tableau. De toute façon, qui a besoin d'une clef ? La chambre n'a même pas de serrure.

— Si l'hôtel ne te plaît pas, tu peux aller ailleurs », lâcha Jack, vexé.

L'envie ne m'en manquait pas mais c'était là que j'avais à faire.

« Donnez-moi la clef. »

Splendide se fit prier. Je crus d'abord qu'il espérait m'extorquer davantage d'argent, mais je compris par la suite qu'il cherchait simplement à me faire perdre du temps, selon les instructions qu'il avait reçues. Il finit par me tendre la clef, ce qu'il avait toujours eu l'intention de faire. À ce moment-là, j'aurais dû logiquement faire preuve de perspicacité et percer à jour sa petite comédie, mais la journée avait été éprouvante et j'étais fatigué. Et puis, j'étais peut-être moins intelligent que je le croyais.

Bref. Il me remit la clef et je montai au cinquième étage. Une fois dans la chambre, je m'interrogeai soudain sur les raisons de ma présence. Était-ce vraiment une bonne idée ? Non pas à cause du ménage, car les chambres du *Splendide* devaient être nettoyées une fois par an, mais parce que la police avait dû passer les lieux, au peigne fin et qu'il me restait peu de chance d'y découvrir quoi que ce soit. Tant pis, jeter un coup d'œil ne me coûtait rien, d'autant que j'avais déjà payé.

Je commençai mon inspection par la commode. Les tiroirs grinçaient. À l'exception d'une épingle tordue, d'une boule de naphtaline et d'une mite occie par cette même naphtaline, ils étaient vides. Je passai ensuite à la table dont les deux tiroirs avaient dû un jour être dérobés par un locataire indélicat. Il me restait le lit. Je m'y assis, en me rappelant l'image de Johnny Naples étendu là, l'œillet écarlate de sa blessure tachant sa chemise. Le nain avait habité cette chambre, obsédé par la fortune du Faucon, et il y était mort. Avec le vacarme assourdissant de la circulation, à quelques mètres de sa fenêtre, je doutais fort qu'il ait pu y trouver le sommeil.

Tout à coup, mon regard tomba sur une corbeille à papiers dans un coin de la pièce, une sorte de cube en plastique vert tellement cabossé qu'il aurait dû lui-même être jeté à la corbeille. Je n'en ressortis pas grand-chose, sinon deux sachets de chips vides, le papier argenté d'une barre de chocolat, deux piles usagées et un paquet de cigarettes roulé en boule. Je m'apprêtais à me relever lorsqu'un détail me revint subitement en mémoire, un détail qui avait évidemment échappé à la police : le paquet de cigarettes était de la même marque que celles que fumait le nain.

Je dépliai fébrilement le papier froissé dans l'espoir d'y déceler un indice quelconque, un numéro de téléphone hâtivement griffonné dans un coin, par exemple. Je découvris beaucoup mieux. Le papier avait été déchiré en menus morceaux avant d'être roulé en boule et certains bouts portaient des inscriptions notées à l'encre bleue. Une fois le puzzle reconstitué, je pus déchiffrer quelques mots avec, en face de chacun, leur traduction en espagnol :

CALCULATEUR NUMÉRIQUE
PHOTO-DÉTECTEUR
DIODE ÉMETTRICE LUMIÈRE

Sur l'instant, cette découverte me laissa déconcerté. À quoi rimaient ces notations ? Pour que le nain ait pris le soin de les dissimuler dans un paquet de cigarettes, il fallait qu'elles aient un rapport avec les Maltés, et il aurait probablement fait disparaître la boulette de papier dans les toilettes si sa chambre en avait été équipée. Ce fut la traduction en espagnol qui m'éclaira : en supposant que Johnny Naples ait croisé ces mots dans sa quête des diamants, il les avait jugés suffisamment importants pour en chercher la définition dans un dictionnaire.

Le sens en avait dû lui échapper autant qu'il m'échappait à moi-même. De toute évidence, il s'agissait de termes scientifiques, or la science n'avait jamais été mon point fort. (Il suffisait de connaître mon professeur de physique et chimie pour en comprendre la raison : ce n'était pas son point fort non plus !)

Je glissai les morceaux de papier dans ma poche et revins inspecter le lit. Le cadre de bois interdisait d'y passer la main. C'était le lit le plus antique que j'aie jamais vu, un monstre de bois et de ressorts rouillés pourvu d'un matelas de soixante centimètres d'épaisseur aussi mou qu'une éponge. Il me fallut rassembler toutes mes forces pour le basculer sur le flanc. Il ne cachait rien d'intéressant, sinon un exemplaire jauni du *Daily Mirror,* un chausson avachi et un tapis de poussière de dix ans d'âge.

Toutefois, le lit me sauva la vie.

J'allais le remettre en place lorsque j'entendis la fenêtre voler en éclats et un moteur démarrer bruyamment sur la route. Un objet vert foncé de la taille d'une balle de cricket traversa la pièce. Il me fallut une seconde pour comprendre qu'il ne s'agissait pas d'une balle de cricket, et une autre seconde pour me baisser derrière le lit. La grenade heurta le matelas, rebondit, puis explosa.

Logiquement, j'aurais dû exploser avec elle, mais j'étais aplati sur le sol et protégé par cette armure de ressorts et de duvet. Malgré cela, j'eus l'impression de vivre un véritable bombardement. La déflagration fut si violente qu'elle me résonna dans le crâne et me coupa le souffle, tandis qu'un brasier enflammait soudain la chambre. Tout se passa à une vitesse vertigineuse. L'onde de choc me propulsa en l'air, mon épaule percuta la porte qui vola en éclats, et j'atterris enfin dans le couloir, inconscient. J'ignore combien de temps je restai évanoui, peut-être dix minutes.

Quand je repris conscience, j'avais la bouche pleine de plâtre et des hurlements hystériques me perçaient les tympans. Néanmoins, hormis mes vêtements en lambeaux et une coupure à l'arcade sourcilière, j'étais dans une forme resplendissante pour quelqu'un qui venait de sauter. Je me relevai, os après os, et m'adossai contre le mur. Le mur s'effondra. La poussière et la fumée m'empêchaient de distinguer quoi que ce soit et je préférai attendre sans bouger que le calme revînt.

Bonne décision. L'hôtel *Splendide* attendait un prétexte pour s'écrouler depuis au moins vingt ans, cette grenade lui en avait fourni l'occasion. La façade donnant sur la route s'était tout simplement effondrée et je me trouvais sur un pan de plancher entouré de vide. La brise se chargea de balayer la fumée qui m'aveuglait. Les voitures continuaient de rouler sur la route, imperturbables, pour s'enfoncer dans la nuit. Aucun conducteur n'avait jugé bon de s'arrêter pour assister au spectacle, ce qui évita d'ajouter un monstrueux carambolage au sinistre de l'hôtel.

Le *Splendide* vivait sa dernière nuit. Les flammes le dévoraient gloutonnement, l'eau giclait des tuyaux éclatés, le bois crépitait, des gens criaient. Mon ouïe retrouva peu à peu ses capacités et je reconnus bientôt, au-delà du vacarme, des sirènes de pompiers et de voitures de police. Un homme à demi nu passa devant moi en courant, le visage couvert de mousse à raser. Lui et moi avions failli être irrémédiablement rasés. Je voulus le suivre dans ce qui restait de l'escalier mais je fus stoppé dans mon élan. Par chance, mon ange gardien ne chômait pas ce jour-là (il ne devait pas être syndiqué). Une barre métallique frôla ma tête en sifflant avant de percuter le mur. Je fis volte-face. Jack Splendide me bloquait le passage, la barre de fer levée au-dessus de sa tête. Sa chemise était en loques, son pantalon transformé en bermuda. Je compris qu'il s'était trouvé à proximité au moment de l'explosion et qu'il n'était pas franchement ravi de me revoir en vie.

Il abattit à nouveau sa barre de fer mais j'esquivai le coup. Même si son poids ralentissait ses mouvements, il n'avait pas besoin de se presser car il me bloquait le passage et me tenait à sa merci. J'avais le choix entre lui, les flammes ou une chute libre de cinq étages. J'étais trop mal en point pour espérer atteindre la route en sautant. J'esquivai un nouvel assaut et me repliai dans ce qui restait de la chambre du nain, cerné par les flammes et Jack Splendide.

Il hurlait des injures que le vacarme m'empêchait de saisir, mais je crois qu'il m'accusait de la destruction de son hôtel. Peut-être y était-il sincèrement attaché, après tout. De grosses larmes roulaient sur ses joues maculées de plâtre et il s'agrippait à sa barre de fer (sans doute un porte-serviettes) avec une réelle affection. Je tentai de lui expliquer que ce n'était pas ma faute si un motard avait décidé de jeter une grenade en passant, mais il n'était plus en état d'entendre raison. Il voulait ma mort.

Il leva à nouveau la barre de fer par-dessus son épaule. L'extrémité accrocha un fil électrique et l'arracha du mur, provoquant aussitôt un court-circuit. Les étincelles détournèrent un instant l'attention de Splendide. J'en profitai pour saisir un morceau de table et l'écraser de toutes mes forces contre son estomac. Il poussa un beuglement et lâcha sa barre de fer. Je le frappai une seconde fois, sauvagement. Le coup le fit reculer jusqu'au bord du trou.

Il battit désespérément l'air de ses bras. Le ciment froid et dur l'attendait quinze mètres plus bas. C'est là qu'il aurait dû atterrir. Incapable de retrouver son équilibre, il hurla, bascula en avant, puis, au dernier moment, parvint à se raccrocher à une poutrelle métallique qui dépassait de la route. À présent il formait une sorte de passerelle humaine entre l'hôtel et la route, les pieds sur le rebord de la chambre 39, les mains sur ce miraculeux morceau de ferraille, le corps dans le vide.

Je jetai un coup d'œil derrière moi : les flammes

avaient gagné du terrain et m'interdisaient désormais l'accès à l'escalier. J'étais prisonnier. Je ne me sentais pas non plus capable de sauter sur la route. Jack Splendide m'offrait mon unique planche de salut, au propre comme au figuré. Il me suffit de deux enjambées en prenant appui sur son dos pour franchir le vide et atteindre la route, sain et sauf.

Le gros homme gémissait et me suppliait de l'aider. Je me penchai vers lui. Il suait à grosses gouttes. Malgré sa carrure, je savais qu'il ne pourrait résister longtemps dans cette posture, je savais aussi que je ne pouvais le secourir, à supposer que j'en aie eu envie. Je m'allongeai à plat ventre pour lui parler.

« Qui était-ce, Jack ? Qui a jeté la grenade ?

— Aide-moi, je t'en supplie », haleta-t-il.

Il ne pouvait plus chercher à gagner du temps, maintenant. Ses forces faiblissaient de seconde en seconde et il devait commencer à sentir les flammes lui lécher les pieds.

« Qui a voulu me tuer, Jack ? insistai-je.

— C'est le... le Gros. Il... il se doutait que... tu reviendrais ici et il m'a payé pour... pour le prévenir dès que tu arriverais.

— Pourquoi veut-il me tuer, Jack ?

— Tu l'as insulté. Personne n'insulte le Gros. Aide-moi, je t'en prie. Je... j'ignorais qu'il chercherait à te tuer... enfin... avec une grenade. Je pensais qu'il voulait simplement te... tirer dessus pour... te faire peur.

— Tu te contredis, Jack ! Tu ignorais qu'il voulait me tuer mais tu es quand même monté au cinquième étage pour assister au spectacle et m'achever !

— Donne-moi la main, petit. Aide-moi, je ne peux plus tenir.

— Je sais, répondis-je en me relevant.

— Tu ne vas pas m'abandonner ici ! Tu ne peux pas !

— On parie ? »

Je m'éloignai le long de la route, le laissant méditer sur son sort. Les pompiers arriveraient peut-être à le secourir avant qu'il lâche prise. En toute franchise, je m'en moquais. Jack Splendide avait activement participé à mon assassinat, même s'il n'avait pas choisi l'arme du crime.

La pluie avait recommencé à tomber. Je tirai sur les lambeaux de ma chemise pour me protéger du froid et descendis la route en oubliant Jack Splendide.

12

Le Professeur

Je fus réveillé par un parfum de lavande. De la lavande ? Oui, Nick, tu en as déjà senti quelque part. Mais où ? Dans mon rêve, ce parfum se mêla étrangement à une odeur de viande...

Je m'étirai et ouvris les yeux.

« Dieu du ciel ! De quoi avez-vous l'air ! » s'exclama Betty.

Je n'étais pas allongé dans mon lit, mais vautré sur le bureau d'Herbert. Sans doute n'avais-je pas eu le courage, la veille au soir, de monter l'escalier pour me coucher. À présent, Betty me dévisageait comme si je débarquais d'une lointaine planète.

« Que vous est-il arrivé, monsieur Nicholas ? me demanda-t-elle en secouant la tête, ce qui eut pour effet de mettre en transe les marguerites plantées sur son chapeau.

— J'ai passé une mauvaise nuit, grommelai-je. Comment êtes-vous entrée ?

— Par la porte. Vous devriez fermer à clef, la nuit, monsieur Nicholas. N'importe qui pourrait entrer. »

J'avais d'urgence besoin d'un bain chaud, d'un repas chaud, de deux cachets d'aspirine et d'un bon lit, mais pas nécessairement dans cet ordre. Toutefois je me contentai de m'asperger le visage d'eau froide pendant que Betty préparait le petit déjeuner. Œuf coque, toasts et café. En m'observant dans le miroir, je découvris un inconnu, les cheveux ébouriffés, les yeux cernés, et une vilaine coupure sur le front, et j'éprouvai aussitôt une vive compassion pour ce pauvre garçon qui semblait en si piteux état.

Dix minutes plus tard, je m'attablai dans la cuisine. Betty insista pour couper mon pain en mouillettes, attention qui m'embarrassa terriblement. On m'avait menacé, bombardé, attaqué, et voilà que quelqu'un me traitait à nouveau comme un enfant. Mais Betty pensait sans doute bien faire.

« M. Timothy n'est pas là ?

— Herbert est en prison, accusé de meurtre.

— Accusé de meurtre ? Mais c'est un crime !

— En effet, oui.

— *Non,* je veux dire que c'est un crime d'accuser M. Herbert de meurtre. Personne ne le croirait capable de faire du mal à une mouche ! »

Sur ce point, Betty avait raison. Herbert fuyait les mouches comme la peste. Il était probablement le seul détective au monde à redouter les mouches et les poissons rouges.

« Si je comprends bien, vous enquêtez à sa place ?

— Exactement, Betty.

— Vous avez découvert quelque chose ? »

Qu'avais-je découvert ? Que Béatrice von Falkenberg nourrissait un goût pervers en matière d'animaux domestiques, que l'explosion d'une grenade risquait de vous crever les tympans, que si le Gros cherchait à se délester d'un poids encombrant, j'étais ce poids-là, et que, si je les additionnais, mes découvertes pouvaient tenir sur un timbre-poste.

« Non, Betty, je n'ai abouti à rien. À moins que vous sachiez à quoi sert un détecteur digital ?

— Un quoi ? »

Le paquet de cigarettes déchiré découvert dans la chambre du nain était toujours dans ma poche de chemise, l'ennui c'était que ma poche de chemise était restée à l'hôtel, arrachée par le souffle de l'explosion.

« Je vais prendre un bain, déclarai-je.

— Je vais vous le faire couler », proposa Betty. Je secouai négativement la tête. Un seul encouragement de ma part et elle m'aurait frotté le dos.

« Non, merci, Betty. Rentrez chez vous.

— Et le ménage ? »

Je sortis un billet de dix livres de la liasse d'Herbert. Cela me déchirait le cœur de m'en séparer mais Betty l'avait amplement mérité. Grâce à elle, le champ de bataille s'était transformé en taudis aménagé.

« Voilà pour vous, Betty. Revenez la semaine prochaine, après Noël.

— Oh... Merci, monsieur Nicholas. Joyeux Noël !

— Joyeux Noël, Betty. »

Après son départ, je sombrai dans une douce somnolence dont me tira un coup de sonnette intempestif. Ma montre indiquait dix heures, l'heure à laquelle je m'étais couché. Donc, soit j'avais peu dormi, soit j'avais besoin d'une nouvelle montre. Je la portai à mon oreille en la secouant.

Il y eut un petit ding et l'aiguille des minutes tomba. Voilà ce qui arrive quand on achète une montre d'occasion.

J'enfilai un jean et descendis. La sonnette carillonnait toujours. Je pressai le bouton d'ouverture électrique de la porte en espérant ne pas commettre une erreur.

J'étais à peine installé dans le bureau que mon client entra. Il ne marchait pas, il titubait. L'odeur de mauvais whisky qu'il dégageait le précédait comme une carte de visite. Sa figure me rappelait quelque chose : la soixantaine, petit, replet, mal rasé, des lunettes rondes, une tête de hibou, et une veste froissée pourvue de poches assez profondes pour contenir une bouteille de whisky.

Il se traîna jusqu'à une chaise pour s'y laisser tomber, les jambes allongées devant lui. J'aperçus ses chaussettes vertes par les trous de ses semelles et attendis qu'il prît la parole mais il ne semblait pas pressé. Il tira une cigarette de sa poche, la lissa entre le pouce et l'index, puis l'alluma d'une main tremblante. L'allumette commençait déjà à lui griller le bout des doigts avant qu'il ait localisé son objectif. Non seulement l'homme était un ivrogne, mais il avait la vue basse. Tout à coup la mémoire me revint. C'était l'homme que j'avais remarqué à l'enterrement du Faucon, derrière la veuve.

« C'est bon de s'asseoir, remarqua-t-il.

— Vous êtes fatigué ?

— Pas précisément. Seulement j'ai tendance à tomber ou à buter dans les objets lorsque je suis debout. Voyez-vous, jeune homme, j'ai un petit défaut.

— Vous buvez ?

— Non, merci, j'ai ce qu'il faut sur moi », répondit-il en tapotant sa poche de veste.

Je lui avançai un cendrier mais sa cigarette manqua la cible et la cendre tomba sur le bureau.

« Qui êtes-vous ? questionnai-je en perdant patience.

— Mon nom est Quisling. Quentin Quisling.

— Vos parents aimaient les Q.

— Oui. Mais je ne suis pas là pour discuter de cela. Peut-être avez-vous entendu parler de moi, on m'appelle le Professeur. »

L'un des noms inscrits par Snape sur son tableau. Comment l'avait-il présenté, déjà ? Ah oui... la tête pensante du Faucon ! Le génie de service dont on n'avait plus de nouvelles depuis un an. C'était probablement derrière un bar qu'il s'était caché ! Le brillant esprit d'autrefois ressemblait désormais à une loque. Il avait le teint d'un fromage trop fermenté et une voix d'asthmatique. Le

152

tabac le tuait lentement, tandis que l'alcool creusait sa tombe.

« Je veux rencontrer votre frère, hoqueta-t-il dans une quinte de toux.

— Mon frère est absent.

— Je le vois. Je ne vois pas grand-chose mais je vois qu'il n'est pas là », marmonna-t-il en sortant une bouteille de whisky extra-plate de sa poche.

Il dévissa tant bien que mal le bouchon, enfonça le goulot dans sa bouche et renversa la tête en arrière. Un peu de liquide ambré lui coula le long du cou. Puis il tâtonna à la recherche d'une autre cigarette et la trouva.

« D'accord, reprit-il, je partage avec vous. Cinquante cinquante.

— Vous partagez votre cigarette ?

— Très amusant... Vous avez le sens de l'humour, jeune homme. Vous savez qui je suis ?

— Vous venez de vous présenter.

— J'étais le cerveau du Faucon. S'il désirait arranger quelque chose, je le faisais pour lui.

— Comme de changer une ampoule, par exemple ?

— Ne vous moquez pas. J'inventais des choses pour le Faucon. Des choses dont vous n'avez même pas idée.

— Que vous est-il arrivé ?

— Ça, répondit-il en me montrant sa bouteille. Mais cela ne m'empêche pas de savoir ce que vous cachez. Il m'a suffi de vous apercevoir à l'enterrement pour comprendre. Vous avez mis la main sur les Maltés, n'est-ce pas ? Eh bien moi, je sais comment m'en servir. À nous deux, nous pouvons gagner beaucoup d'argent.

— Que proposez-vous, Professeur ?

— Je vous propose de me remettre la boîte et de m'attendre tranquillement ici, répondit-il en souriant de ses petits yeux rusés. Je reviendrai demain pour vous verser votre part. »

Je hochai pensivement la tête en faisant semblant d'étudier son offre. Au fond de moi-même, j'étais sidéré. J'avais en face de moi un homme qui se tuait aussi sûrement que s'il se passait un nœud coulant autour du cou, qui n'avait pas les moyens de s'acheter une paire de chaussures neuves et traînait habillé en clochard, et qui croyait pourtant me rouler sous le simple prétexte qu'il avait le privilège de l'âge. Un instant, il me rappela mon professeur de mathématiques. Vous connaissez ce genre de personnages, qui se croient aptes à régenter le monde sous prétexte qu'ils savent calculer les angles d'un triangle isocèle. Je fis mine d'entrer dans son jeu.

« Résumons-nous, Professeur. Je vous remets la

boîte de Maltés et vous revenez demain avec la moitié du butin ?

— Exactement », répondit Quisling en souriant.

Il engloutit d'une seule gorgée le reste de son whisky puis jeta la bouteille en direction de la corbeille. Bien entendu il manqua son but et le verre se brisa contre le mur.

« Expliquez-moi à quoi servent les Maltés, Professeur.

— À ouvrir le... Je vous l'expliquerai en vous apportant l'argent », se reprit-il juste à temps.

Je savais parfaitement que, une fois en possession des Maltés, il s'évaporerait dans la nature. Pourtant une idée me vint. J'ouvris le tiroir du bureau pour prendre la boîte que j'avais moi-même achetée.

« Voilà ce que vous cherchez, Professeur. Vous reviendrez demain, n'est-ce pas ?

— Bien sûr, promit-il en s'emparant avidement des Maltés. Je vous le jure sur la tombe de ma mère ! »

À supposer qu'elle fût morte, la pauvre femme dut se retourner dans son cercueil.

« Quand ? insistai-je pour faire bonne mesure.

— Demain matin. »

La porte se referma sur lui. Je comptai trente

secondes avant de lui emboîter le pas. Dans son état et avec sa myopie, j'étais certain qu'il ne me repérerait pas et, s'il connaissait réellement la cachette des diamants, il m'y conduirait tout droit.

Mon plan était simple. Trop simple sans doute, car c'est toujours lorsque les choses sont simples qu'elles se compliquent. J'avais atteint le seuil de la maison et me retournai pour verrouiller la porte. Le long du trottoir, une camionnette stationnait, moteur au ralenti. Je perçus un mouvement derrière moi et levai les yeux au moment précis où un objet noir et menaçant s'abattait sur mon crâne. Je reçus le choc derrière l'oreille et perdis connaissance.

13

Les gâteaux tantine

D'après le calendrier, ce n'était pourtant pas ma fête. C'était la deuxième fois en quarante-huit heures que l'on m'assommait, et je commençais à me lasser. Perdre connaissance n'a rien de redoutable, mais le réveil est terrible : vous avez la migraine, la bouche sèche, et la nausée. Quand en outre vous ouvrez les yeux dans l'obscurité, enfermé à l'arrière d'une camionnette qui vous emmène vers l'inconnu, l'expérience devient franchement pénible.

Je n'avais pas quitté Londres, je le devinais aux bruits de la circulation et aux arrêts fréquents. À l'un de ces arrêts, je perçus des voix à l'extérieur et songeai à tambouriner contre la carrosserie pour signaler ma présence mais la camionnette redémarra avant que j'aie pu faire un geste. De toute façon, cela n'aurait probablement servi à rien. Puis la camionnette s'arrêta à nouveau et la portière s'ouvrit. La faible lumière du jour m'éblouit.

« Sors de là », commanda une voix.

C'était une voix douce, une voix teintée d'une pointe d'accent germanique, une voix qui ne m'était pas étrangère.

Je sortis en clignant des yeux et aperçus un panneau indicateur qui me renseigna sur notre situation : nous nous trouvions sur la rive sud de la Tamise, face à la City, dans le quartier des entrepôts. De chaque côté de la rue s'élevaient des bâtiments en brique de cinq étages, dont les entrelacs de passerelles métalliques laissaient à peine entrevoir un coin de ciel. Des crochets, des poulies, des chaînes, des tubes, des plates-formes de chargement encombraient les façades. Cent ans plus tôt, Lafone Street avait débordé d'activité ; à présent elle mourait d'inanition. Des boîtes de Coca-Cola tordues, des ardoises cassées, des centaines de mètres de câbles dégorgeaient des bâtisses désertées comme des viscères de leurs entrailles. Des trous rongeaient la chaussée, remplis de flaques d'eau graisseuse.

Un autre panneau attira mon attention, des lettres rouge vif sur un fond blanc : *Mac Alpine*. Ce seul nom signait l'arrêt de mort de Lafone Street, car il n'existe rien de plus destructeur qu'une entreprise de construction. Des agents immobiliers malins allaient vider les entrepôts pour y aménager des appartements à la mode, chacun bénéficiant d'un panorama sur la rivière, d'un garage privé dallé de céramique et d'un loyer exorbitant.

Un homme se tenait près de la camionnette, un pistolet à silencieux pointé sur moi. Pour un gangster, il s'habillait chez un bon tailleur : costume gris perle, cravate rose, des chaussures aussi éclatantes que son sourire. Il n'était pas seul : la portière du conducteur s'ouvrit et un deuxième homme apparut, vêtu exactement comme son complice. Tous deux étaient petits, minces, coiffés avec une raie au milieu, l'un blond, l'autre brun. Ils approchaient l'un et l'autre de la cinquantaine et dépensaient beaucoup pour en paraître moins. Ils devaient probablement la rigidité de leur visage aux soins excessifs d'un chirurgien plastique. Vous voyez ce que je veux dire ? On ôte la graisse superflue, les vilaines rides, on retend la peau, et merci docteur.

Il faut juste prendre garde de ne pas éternuer trop fort.

« Par ici, m'ordonna Blondie en pointant son pistolet.

— Après vous, répondis-je poliment.

— Non, toi d'abord, mon mignon. »

Des ouvriers devaient travailler sur un chantier voisin car j'entendais des marteaux-piqueurs et le raclement de bennes chargeant de la terre. J'envisageai un instant de tenter ma chance mais il n'y avait personne en vue et mes deux ravisseurs m'auraient probablement tiré comme un lapin avant que j'aie pu parcourir dix mètres. On me fit avancer vers une lourde porte en bois dont le chauffeur déverrouilla le cadenas de la taille d'une soupière, et nous entrâmes dans une sorte de hangar désaffecté au sol de ciment nu couvert de détritus. L'espace d'une horrible seconde, je crus ma dernière heure arrivée, puis j'aperçus avec soulagement un escalier vers lequel me poussa Blondie. Tous les étages se ressemblaient : ruines et désolation ; en revanche, après avoir franchi une seconde porte solidement cadenassée, nous débouchâmes sur le cinquième étage qui, lui, était fort différent.

Imaginez un espace de la taille d'un court de tennis, occupé en son milieu par un énorme piano. Une baie vitrée coulissante couvrait tout un mur, du sol au plafond, une épaisse moquette grise tapissait le sol, les murs étaient tendus de soie gris pâle, un canapé et des fauteuils argentés étaient disposés autour d'une table basse en marbre blanc. Le fond de la pièce s'ouvrait sur une cuisine ultra-moderne. Ce fut vers celle-ci que se dirigea le brun tandis que Blondie me poussait sur le sofa.

« Qui êtes-vous ? questionnai-je en me doutant d'avance de la réponse.

— Je m'appelle William, répondit Blondie. Et voici Eric.

— Autrement dit, Gott et Himmel », murmurai-je.

Les deux collégiens d'Eton. À présent, la liste de Snape était au complet.

« Nous pensions qu'il était temps de t'inviter à boire le thé, poursuivit Gott. J'espère que tu aimes les gâteaux tantine ?

— Qui est la tantine ? »

Je n'arrivais pas à y croire. Ces deux tueurs, anciens lieutenants du Faucon, n'avaient pas plus l'air dangereux que les sœurs de ma mère, pourtant ils étaient responsables d'au moins deux morts, sans compter mon enlèvement. Ils étaient risibles, mais risibles à mourir.

Himmel apporta le plateau et versa le thé dans de jolies tasses en porcelaine décorées de roses et de croix gammées entrelacées. Puis il me présenta le plateau de gâteaux. Je n'avais pas faim mais je ne voulais pas le vexer.

« Lequel de vous joue du piano ? demandai-je, en espérant qu'une conversation polie arrangerait ma situation.

— Nous jouons tous les deux, répondit Gott. Mais c'est toi qui vas chanter, mon mignon. »

Sa plaisanterie fit rire Himmel, pas moi. La lecture intégrale d'un dictionnaire de latin m'aurait davantage diverti.

« Tu détiens un objet que nous désirons, poursuivit Gott. Laisse-moi t'expliquer notre point de vue, Nicholas. Tu permets que je t'appelle Nicholas, n'est-ce pas ? Voilà... Nous suivions le nain le jour où il vous a rendu visite, ton frère et toi. Nous avons fouillé votre appartement le soir même sans rien trouver. Ensuite, nous nous sommes occupés de Lauren Bacardi.

— Elle est ici ?

— Tu la verras bien assez tôt. Elle nous a raconté l'histoire des Maltés. Une idée très originale. Nous sommes donc retournés chez toi une deuxième fois, le jour de l'enterrement du Faucon, certains de trouver les Maltés. Une surprise nous attendait. Qui était cet homme ?

— Lawrence, le chauffeur du Gros.

— Dommage pour lui, soupira Gott. Il nous a dit des choses... blessantes et Eric a voulu le blesser à son tour. Plus exactement il l'a tué. Eric est un garçon charmant mais il lui arrive de se mettre en colère et, dans ces cas-là, il tue.

— Délicieux, vos gâteaux, assurai-je en souriant à Himmel.

— Il nous faut les Maltés, reprit Gott. Tu nous avoues maintenant où ils sont cachés ou bien...

— Ou bien quoi ?

— Ce serait vraiment dommage. Un gentil garçon comme toi ! Quel âge as-tu ?

— Treize ans.

— Hum... beaucoup trop jeune pour finir dans un sac en plastique, le corps truffé de balles. Encore un peu de thé, Nicholas ? »

Himmel remplit ma tasse. Ils me souriaient tous les deux de leur sourire figé, et je me demandai s'ils n'étaient pas contraints de sourire en permanence depuis qu'on leur avait remodelé le visage.

« Délicieux ton thé, Eric, le félicita Gott. Bien, où sont cachés les Maltés, Nicholas ? »

J'avais réfléchi très vite. Je leur aurais avoué la vérité avec plaisir si j'avais été certain de sortir vivant de chez eux, mais rien n'était moins sûr. Une fois en possession de ce qu'ils désiraient, ma vie ne leur serait plus d'aucune utilité et ils n'auraient rien de plus pressé que de m'enfermer dans leur fameux sac en plastique. Il me fallait donc gagner du temps pour trouver un moyen de me sortir de cette fâcheuse situation.

« Eh bien... c'est un peu délicat, commençai-je. Les Maltés sont dans une consigne de la gare Victoria mais c'est mon frère qui en a la clef.

— Le numéro de la consigne ?

— Heu... 180, déclarai-je avec la voix éraillée d'un commentateur sportif à la fin d'un match.

— À Victoria ?

— Oui, mais vous ne pourrez pas l'ouvrir sans clef.

— Tu paries ? dit Gott avec un sourire tout en se levant.

— Eh bien, merci pour le thé, dis-je en me levant à mon tour. Si c'est tout ce que vous désiriez apprendre, je...

— Tu ne vas nulle part, me coupa Gott. Eric ! »

Himmel avait plusieurs cordes à son arc. J'ignore d'où il sortit celle-là mais il me ficela en un tour de main avec l'adresse d'un professionnel. Mes poignets liés derrière mon dos rejoignirent mes talons. Quand il eut fini, je ne pouvais même plus battre la mesure et je sentis mes extrémités bleuir à mesure que le sang les quittait.

« Mon cher petit Nicholas, nous allons à la gare

Victoria. Nous serons de retour à cinq heures et, si tu nous as menti, tes funérailles auront lieu dès cinq heures et demie. »

Je voulus hausser les épaules mais les cordes m'en empêchèrent.

« Si c'est ce que vos professeurs vous ont appris à Eton, je préfère encore mon collège de quartier !

— Emmène-le dans la pièce du fond, aboya Gott. Il est temps pour lui de rejoindre notre deuxième invité. »

Malgré sa petite carrure, Himmel me souleva sans effort pour me transporter à l'extrémité de la pièce, où s'ouvrait une porte étroite dûment cadenassée qu'il déverrouilla d'une main.

« Quand me laisserez-vous enfin sortir ? questionna une voix féminine derrière moi.

— En attendant, voilà de la compagnie », répondit Himmel en me laissant choir par terre.

Je me retrouvai face à face avec Lauren Bacardi, tout aussi ficelée que moi. La porte se referma sur nous. Une minute plus tard, j'entendis les deux Allemands quitter l'appartement. Je me demandai ce qu'ils allaient trouver à la consigne de la gare Victoria, et si même il existait une consigne 180. Une seule certitude : il me restait jusqu'à cinq heures pour m'évader. Le peu de temps que j'avais gagné risquait de me coûter très cher.

« Bonjour, lançai-je en me tournant vers Lauren.

— Je vous connais, n'est-ce pas ?

— Oui. Nick Diamant. Nous nous sommes rencontrés au *Casablanca Club,* le soir où ils vous ont enlevée.

— Merci mille fois, Nick ! jeta-t-elle d'un ton amer. La vie ne me déplaisait pas avant votre apparition ! »

Elle portait encore sa robe de scène mais s'était débarrassée de ses bijoux de pacotille et de son maquillage. Cela lui allait nettement mieux. Elle était assise dans un coin, les genoux relevés, une assiette et un bol posés à ses pieds. La pièce était dépourvue de mobilier. De la taille d'une réserve à provisions, elle était éclairée par un vasistas que je n'aurais pu atteindre même en n'étant pas ligoté. Je tirai prudemment sur mes liens. Dans les films, il y avait toujours un morceau de verre cassé ou un objet tranchant qui permettait au héros de se libérer. Celui-ci était un mauvais film. J'abandonnai.

« Je suis désolé de ce qui vous arrive, Lauren, mais ce n'est pas moi qui les ai menés à vous.

— Qui d'autre ? »

Bonne question. Comment les deux tueurs avaient-ils appris l'existence de la chanteuse ?

« Vous leur avez parlé des Maltés ?

— Comment serais-je encore en vie, sinon ? renifla Lauren.

— Profitez-en. Ils vont revenir vers cinq heures de très mauvaise humeur. Je leur ai joué un petit tour qu'ils me feront payer cher.

— Dans ce cas, nous devrions nous remuer un peu.

— Sans aucun doute. Si je parviens à ramper jusqu'à vous, peut-être pourrez-vous dénouer mes liens et... »

Je m'interrompis en voyant Lauren se tortiller et l'observai, abasourdi. Tout à coup, ses cordes tombèrent autour d'elle comme des spaghettis trop cuits. Incroyable ! Malgré mes efforts pour l'imiter, elle s'était libérée de ses dernières entraves avant que j'aie pu bouger d'un pouce.

« C'est un truc formidable ! m'exclamai-je. Comment faites-vous ?

— Avant de commencer à chanter, j'ai travaillé dans un cabaret comme assistante d'un illusionniste : Harry Blondini. J'ai passé deux ans à me faire ligoter sur scène. Harry était le spécialiste de l'évasion, il adorait les nœuds. Il avait coutume de se coucher des menottes aux poignets, et il était le seul homme de ma connaissance à se doucher bâillonné dans une camisole de force. Il m'a enseigné tous ses tours. »

Tout en parlant, Lauren s'était agenouillée près de moi pour me libérer.

« Pourquoi ne vous êtes-vous pas enfuie plus tôt ?

— Impossible. La porte est verrouillée de l'extérieur et je ne peux rien y faire. De plus, en supposant que je puisse atteindre le vasistas, il est trop étroit pour moi. »

Trop étroit pour elle, mais pas pour moi. C'est ce que je découvris quelques instants plus tard lorsque Lauren me fit la courte échelle. Gott et Himmel n'avaient pas songé à l'obstruer, et pour cause : nous étions au cinquième étage et trop loin du toit voisin pour y sauter. Je m'arrêtai un moment sur le rebord de la fenêtre, les jambes à l'intérieur, la tête et les épaules dans l'air froid. Au loin, j'apercevais des ouvriers sur un chantier mais ils étaient hors de portée de voix et assourdis par le vacarme de leurs machines.

J'eus un haut-le-cœur en jetant un coup d'œil en bas. La terre ferme me sembla loin, très loin. Sur le côté, je reconnus la grande baie vitrée du salon, à trois mètres de moi. Trois mètres infranchissables, à moins...

L'immeuble était un entrepôt semblable aux autres et, comme eux, muni d'une potence de fer fichée dans la façade et autrefois équipée d'une poulie et d'une corde pour le halage des marchandises. La corde avait disparu, bien sûr, mais nous n'en manquions pas. Je revins vers Lauren.

« Aucune possibilité, n'est-ce pas ? soupira-t-elle.

— Si, peut-être. »

Et je lui expliquai mon idée.

« Tu es fou ! Tu n'y arriveras jamais !

— Mieux vaut être fou que mort. Je vais essayer. »

Dix minutes plus tard, je me hissai à nouveau sur le rebord du vasistas, la taille ceinturée d'une longue corde, composée de nos liens noués bout à bout, qui mesurait environ trois mètres. Je la déroulai et la fis osciller à bout de bras comme un lasso. La boucle manqua l'extrémité métallique. Je répétai l'opération quatre fois avant de réussir. Ensuite je vérifiai l'extrémité nouée autour de ma taille et assurai ma prise. Vous connaissez les triangles isocèles ? Mon plan se fondait sur le même principe. Les fenêtres en étaient les coins inférieurs, l'extrémité métallique le point supérieur, et moi le pendule qui se balançait d'un côté à l'autre.

L'idée ne m'enthousiasmait guère, cependant le temps pressait et je n'avais pas le choix.

Je sautai.

Pendant une seconde vertigineuse je me balançai au-dessus du vide en raclant la façade de brique, puis ma main accrocha miraculeusement le linteau de la baie vitrée. Je tirai de toutes mes forces et parvins à prendre appui sur le rebord en évitant de regarder en bas. Mon cœur cognait follement dans ma poitrine. Je restai immobile jusqu'à ce que le souffle me revienne, terrifié à l'idée de replonger dans le vide. Le rebord mesurait quelques centimètres à peine et mon corps s'écrasait contre la vitre. Avec une prudence infinie, je me baissai pour saisir l'une de mes chaussures, puis me relevai, centimètre par centimètre. Malgré le froid, je sentais la sueur coller ma chemise. Mes yeux fixaient le grand piano, au centre de la pièce. Curieusement, sa vue me rasséréna. J'empoignai fermement ma chaussure, frappai d'un coup sec contre le carreau qui se brisa, lançai la chaussure dans la pièce, puis tâtonnai pour trouver la poignée en évitant de me blesser aux arêtes coupantes. La fenêtre s'ouvrit et je sautai à l'intérieur avec un profond soupir de soulagement. Ensuite je dénouai la corde de ma taille. Je n'avais pas parcouru un long chemin, mais au moins étais-je toujours en vie.

Je remis ma chaussure puis allai tirer le verrou du cagibi pour délivrer Lauren qui me dévisagea, abasourdie.

« Comment as-tu réussi ? »

Je voulus lui expliquer mais, bizarrement, mes dents s'étaient mises à s'entrechoquer. Peut-être avais-je pris froid.

Lauren ne perdit pas de temps et se précipita vers la porte d'entrée qui résista farouchement à toutes ses tentatives.

« C'est génial, Nick, grommela-t-elle en revenant vers la fenêtre. Nous sommes sortis du cagibi mais nous restons prisonniers dans l'appartement. Il n'y a personne pour nous entendre crier et pas suffisamment de cordes pour descendre jusqu'en bas. À leur retour, tes petits copains vont t'attacher dans un coin et t'utiliser comme cible de tir.

— J'avoue que vous résumez assez bien la situation.

— Et toi tu ferais bien d'imaginer rapidement un autre plan, car tes amis arrivent », répliqua Lauren en se penchant à la fenêtre.

14

La dernière corde

Lauren avait raison, la camionnette bleue stationnait au bout de Lafone Street et se serait déjà garée en bas de l'immeuble si un camion sortant d'un chantier ne lui avait bloqué le passage. Un ouvrier, la tête protégée d'un casque jaune, guidait la manœuvre du conducteur. Avec un peu de chance, nous disposions encore de quelques minutes de répit. Mon petit exercice de voltige avait duré plus longtemps que je le croyais. Le temps passe vite quand on s'amuse !

« Que cherchez-vous ? demandai-je à Lauren en la voyant fourrager dans les tiroirs de la cuisine.

— Un couteau. Mais voilà tout ce que j'ai trouvé, répondit-elle en brandissant un fouet pour battre les œufs en neige.

— Cela ne vous servira pas à grand-chose. Ils sont armés.

— Je sais, je sais. Tu as une meilleure idée ? »

Question pertinente. Si nous tentions d'appeler au secours, les seuls à nous entendre seraient Gott et Himmel et, à supposer que nous trouvions un couteau, il ne nous défendrait pas contre des pistolets. La seule issue était bloquée et nos deux Allemands allaient arriver d'une minute à l'autre. Je risquai un nouveau coup d'œil dans la rue. Le camion s'était immobilisé en travers de la chaussée, tandis que l'homme au casque jaune agitait frénétiquement les bras pour le diriger, comme s'il chassait un essaim de mouches invisibles. Puis le camion s'ébranla lourdement. Dans une minute, la voie serait libre et la camionnette bleue viendrait se garer en bas de l'immeuble.

« Lauren ?

— Oui ? »

À présent elle était armée d'une cuiller à ragoût et d'un tire-bouchon.

— Le piano.

— Quoi, le piano ? Nick, ce n'est pas l'heure de donner un concert.

— J'ai un autre projet pour lui. Aidez-moi. Vite ! »

Je m'arc-boutai et commençai à pousser. Malgré les roulettes, ce monstre de bois noir pesait une tonne et je compris pourquoi certains musiciens préféraient jouer du triangle. Lauren me prêta main-forte, mais sans y croire.

« Voyons, mon chou, tu n'es pas sérieux !

— Mortellement sérieux, répliquai-je.

— Tu as le mot pour rire ! »

À deux, la manœuvre se révéla plus facile. Nous roulâmes le piano jusqu'à la fenêtre, accès que les déménageurs avaient dû emprunter pour le hisser jusqu'au cinquième. Son trajet de retour serait probablement plus expéditif.

« Prête, Lauren ?

— Prête. »

Je jetai un coup d'œil dans la rue. Le camion avait enfin dégagé la voie à la camionnette qui commençait à ralentir pour se garer le long du trottoir, juste au-dessous comme je l'avais espéré. Je pris mon appui. Le buste de Beethoven posé sur le piano grimaçait comme s'il pressentait ce qui allait lui arriver. La camionnette s'arrêta.

« Maintenant ! » hurlai-je à Lauren.

Nous poussâmes de toutes nos forces. Le pied du piano s'accrocha dans le rail de la fenêtre coulissante, le franchit, puis s'arrêta sur le bord de la corniche. Une nouvelle poussée et le piano sembla hésiter une fraction de seconde avant de basculer tout entier dans le vide.

Je peux le certifier à présent, les pianos à queue Bernstein sont fabriqués sans aucun souci d'aérodynamique. Son envol fut un spectacle assez étonnant. Imaginez une énorme bête noire à trois pattes, dépourvue d'ailes, qui vola à peine deux secondes avant de s'écraser sur la camionnette en émettant un dernier arpège.

Quant à la camionnette, elle ne risquait plus de rouler un jour. Notre projectile ne l'avait pas totalement aplatie mais elle était mal en point. Une épaisse fumée sortait du radiateur, les roues s'étaient désolidarisées de la carcasse et roulaient toutes seules dans la rue, ravies de leur indépendance, une mare d'huile noire s'élargissait autour de l'épave, le tuyau d'échappement avait jailli comme une torpille et atterri à une centaine de mètres. Un amas de bois éclaté et de cordes ensevelissait la carcasse défoncée.

« Joli concert, mon chou, me félicita Lauren.

— Concerto pour piano et camionnette », murmurai-je.

À présent, des gens accouraient de toutes parts et Lafone Street devenait aussi embouteillée que

Piccadilly Circus. Les badauds contemplèrent d'abord le spectacle, bouche bée, avant de lever les yeux vers notre fenêtre.

Un quart d'heure plus tard, un ouvrier surgissait dans l'appartement, muni des grandes pinces dont il s'était servi pour sectionner le cadenas de la porte. Lauren et moi le reçûmes, assis sur le sofa.

« Le piano... c'est à vous ? s'enquit-il d'un air gêné.

— Bien sûr, acquiesçai-je. Ne vous inquiétez pas, de toute façon il jouait faux. »

Nous quittâmes l'appartement en l'abandonnant là, médusé. Qu'attendait-il de plus ? Un bis ?

Nous réussîmes à nous fondre dans la foule qui se pressait autour du sinistre. Par miracle, personne n'avait été tué. Un passant nous expliqua que les pompiers allaient découper la carrosserie au chalumeau pour extraire le conducteur et son passager, indemnes l'un et l'autre... ou presque. Un médecin s'affairait déjà autour d'eux, bien qu'un mécanicien eût été plus utile.

Un taxi nous ramena au bureau où je récupérai hâtivement les Maltés avant de suivre Lauren jusque chez elle. Trop de gens me cherchaient à Fulham. Dorénavant, je devais me cacher.

Lauren occupait un logement dans un hôtel particulier de Baron's Court, à environ dix minutes en voiture de chez moi, un de ces immeubles pourvus d'une cinquantaine de sonnettes sur la porte d'entrée, dont chacun des cinquante locataires ignore tout de son voisin. Elle habitait l'entresol, donc à quelques mètres au-dessus de la ligne de métro. Le sol vibrait à chaque passage de rame.

Lauren me laissa dans le salon pendant qu'elle allait préparer à manger dans la cuisine. C'était une pièce confortable, aménagée comme un décor de théâtre, avec un chauffage à gaz encastré dans la cheminée, une bouilloire oubliée sur le tapis, des vêtements éparpillés un peu partout, et un sofa aux ressorts fatigués qui vous engloutissait tout entier. Des affiches de spectacles où Lauren s'était produite couvraient les murs. C'était un lieu consacré au passé, sans ouverture sur l'avenir, où stagnaient l'humidité et les souvenirs jaunis.

Quand Lauren reparut avec le plateau, elle avait troqué sa tenue de scène froissée contre une robe d'intérieur. Pour une femme de son âge, elle avait de l'allure. Le repas qu'elle nous avait confectionné était encore plus séduisant : omelette, salade, fromage, fruits, une bouteille de vin rouge pour elle et un Coca pour moi. Nous mangeâmes en silence, heureux d'être là et en vie.

« Merci, soupirai-je avec un sourire béat en repoussant mon assiette.

— C'est à moi de te remercier, Nick. Sans toi... ils m'auraient tuée.

— C'est vous qui nous avez débarrassés de nos cordes », lui rappelai-je en examinant une affiche qui la représentait au côté d'un homme affublé d'une veste à paillettes.

Il avait des cheveux noirs huileux, une moustache fine et un sourire pour publicité de dentifrice.

« C'est Harry Blondini », m'informa Lauren en se levant pour poser un disque sur l'électrophone.

Un solo de saxophone envahit la pièce. Elle alluma une cigarette dont les ronds de fumée semblèrent suivre le rythme langoureux de la musique. Le regard humide que Lauren portait sur l'image de Blondini exprimait assez clairement les sentiments qu'il lui inspirait, pourtant elle crut bon de me les confier.

« Je l'aimais, dit-elle d'une voix rauque. Nous avons travaillé deux ans au théâtre et vécu cinq ans ensemble. Nous projetions de nous marier. À la dernière minute, Harry s'est envolé avec une charmeuse de serpent. Je me demande encore ce qu'elle possédait de plus que moi, hormis un anaconda et un boa constrictor. Harry s'est défilé le matin même de notre mariage, j'aurais dû le prévoir de la part du roi de l'évasion ! ajouta-t-elle avec un léger sourire. Il aimait les liens, mais pas ceux du mariage. Il s'est évadé et m'a brisé le cœur. C'est alors que j'ai commencé à chanter. Il y a vingt ans que je chante, Nick, toujours les mêmes vieilles rengaines, et en vingt ans je n'ai croisé que deux personnes loyales : Johnny Naples et toi. Tu es un gentil garçon, Nick. Si j'avais eu un enfant, j'aurais aimé qu'il te ressemble... Je n'ai jamais caressé qu'un seul rêve : posséder un endroit à moi quelque part au soleil. Regarde cet appartement ! Un entresol où je ne vois jamais la lumière du jour, pas plus qu'au *Casablanca Club.* Je vis dans un monde bien moche, Nick. Bien moche... »

Peut-être avait-elle bu trop de vin rouge, je ne sais pas. Il lui avait suffi de quelques minutes pour me raconter l'histoire de sa vie alors que je ne lui avais rien demandé. Et j'étais fatigué et sale.

« J'ai envie de prendre un bain, Lauren.

— De toutes les baignoires de la ville, il faut que tu tombes sur la mienne ! Il n'y a pas d'eau chaude.

— Dans ce cas, je vais dormir.

— Installe-toi sur le sofa. »

J'emportai nos assiettes à la cuisine pendant qu'elle allait me chercher des couvertures, et ce fut seulement lorsqu'elle me souhaita bonne nuit que je me rappelai la raison essentielle de ma présence chez elle.

« Lauren... Au *Casablanca,* vous étiez sur le point de me révéler quelque chose au sujet de Johnny. Vous disiez qu'il avait brusquement été frappé d'une illumination à propos des Maltés alors qu'il se promenait avec vous.

— C'est exact.

— Où étiez-vous, à ce moment-là, Lauren ?

— Nous étions en train d'acheter des saucisses, au rayon d'alimentation du grand magasin Selfridges, dans Oxford Street. »

15

Selfridges

En temps normal, Oxford Street n'est pas agréable, mais, une veille de Noël, c'est l'horreur. La station de métro était aussi bondée que Calcutta et la rue ne valait guère mieux. La frénésie des achats virait à la panique et chacun semblait oublier la charité de rigueur en cette période. Les chauffeurs de taxi hurlaient leur mauvaise humeur à coups de Klaxon, tandis que les conducteurs d'autobus se penchaient à leur portière pour injurier tout le monde. Il fallait les comprendre, la circulation était probablement bloquée au même point depuis deux jours. Les piétons s'agglutinaient sur les trottoirs, chargés d'énormes paquets. Chacun se précipitait à Oxford Street pour effectuer ses achats de dernière heure : nourriture, décorations de sapins, cadeaux et autres accessoires indispensables.

Je poussai un profond soupir en songeant à mon propre réveillon. Herbert étant en prison, je n'aurais pour me divertir que le discours de la reine et deux croquettes de viande froide.

Selfridges se dressait devant nous, avec ses colonnes blanches, ses horloges dorées et ses drapeaux flottant sur le toit. Quelque part au milieu du rayon alimentation, Johnny Naples avait découvert l'énigme des Maltés. Cette pensée me redonna courage et je serrai la boîte de chocolats contre moi. Je la portais dans un sac à bandoulière que Lauren m'avait prêté.

Une odeur sucrée écœurante nous accueillit dès l'entrée. Nous nous trouvions dans le rayon parfumerie où cohabitaient les parfums du monde entier. Je refusai d'essayer la lotion après rasage que me proposait une vendeuse. Elle était jolie, mais elle arrivait trois ans trop tôt. Il faisait chaud. La ventilation se contentait de brasser toutes les senteurs avant de les rejeter, amalgamées. Nous suivions les flèches en direction de l'alimentation à travers le rayon « Hommes ». Des haut-parleurs diffusaient des publicités.

« Venez admirer le Père Noël dans la grotte magique, au troisième étage ! Vous y rencontrerez tous vos personnages préférés. »

L'alimentation offrait un spectacle encore plus apocalyptique que les autres rayons, comme si la radio venait d'annoncer une prochaine guerre nucléaire. Les ménagères dévastaient les étalages, assaillaient les employés.

« Par ici, Nick », me souffla Lauren en prenant mon bras.

Je dus jouer des coudes pour la suivre, au risque d'être emporté par le flot humain et de sombrer dans un océan de sacs à provisions.

« Si nous nous perdons, rendez-vous dehors, de l'autre côté de la rue ! » me cria Lauren.

Le rayon alimentation de Selfridges ressemblait à n'importe quel supermarché, avec des sections spécialisées et balisées. La boucherie se tenait dans le fond. Pour canaliser les clients, un panneau lumineux affichait des numéros d'ordre qui se succédaient en clignotant. Les ménagères gardaient l'œil fixé dessus en serrant fébrilement leur ticket, prêtes à s'élancer sur l'étalage pour une ultime rafle.

Donc, Selfridges vendait des saucisses. Je les apercevais derrière un comptoir vitré. Elles semblaient appétissantes mais je ne voyais pas en quoi elles avaient pu intéresser le nain, ni leur rapport avec le Faucon.

« Johnny se tenait exactement à ta place, m'expliqua Lauren. Puis, tout à coup, il a bifurqué dans cette direction.

— C'est tout ?

— Non. Il est revenu sur ses pas. »

Les pas du nain nous menèrent vers un étalage de fruits où quelques spécimens exotiques s'étaient égarés au milieu des pommes et des poires. Venaient ensuite les chocolats, puis les caisses. Six caisses enregistreuses en tout, avec six caissières en blouse brune et chapeau de paille. Cinq d'entre elles pianotaient sur leur clavier comme si elles écrivaient un roman. La sixième était équipée d'un matériel plus sophistiqué : il lui suffisait de glisser les articles sur un petit panneau vitré et les prix s'affichaient automatiquement.

« Il s'est arrêté là », me précisa Lauren.

Pourtant je ne voyais toujours rien qui eût un rapport avec les Maltés.

« Cela ne m'avance guère », soupirai-je d'une voix lasse et déprimée.

Car j'étais las et déprimé. J'avais participé à une chasse épuisante sans même rapporter une dinde de Noël !

« Johnny s'est arrêté là, comme toi, et tout à coup il a souri. »

Je regardai autour de moi et, tout à coup, je perdis l'envie de sourire. Derrière les caisses, une porte ouvrait sur la rue. Deux hommes se frayaient un passage dans la foule. Je les reconnus une fraction de seconde avant qu'ils m'aperçoivent.

« Lauren, regardez », soufflai-je en pointant mon doigt dans leur direction.

Ils avaient un peu changé depuis notre dernière rencontre, mais j'aurais identifié Gott et Himmel n'importe où. Ils arboraient un costume identique, mais le blond Himmel se distinguait par un plâtre qui lui immobilisait un bras, tandis que Gott s'appuyait sur une canne. Les pansements qui leur couvraient la tête laissaient à peine entrevoir leurs visages.

« Vous leur avez parlé des saucisses, Lauren ?

— Bien entendu ! Ils me menaçaient de me faire avaler de force un de leurs maudits gâteaux tantine. »

Ils nous avaient repérés.

« Filons, Lauren. »

Nous filâmes en direction d'un escalier mécanique. Je me retournai un bref instant pour voir Gott lancer ses instructions à Himmel, puis percutai deux vieilles dames qui s'affalèrent avec des cris stridents dans une pile de fruits confits. J'oubliai mes bonnes manières et poursuivis ma course sans m'excuser.

« Par où allons-nous ? » questionna Lauren.

Je stoppai net. Un groupe compact de clients bloquait la sortie la plus proche. Cela nous laissait le choix entre trois ou quatre autres directions.

« Attendez une minute, Lauren... »

Je m'apprêtais à lui dire que Gott et Himmel n'étaient pas fous au point de nous agresser en plein milieu du magasin, qu'ils allaient probablement nous guetter à la sortie et que nous pourrions leur fausser compagnie dans la rue. J'allais lui dire tout cela, mais je ne lui dis rien.

Juste au-dessus de ma tête, une vitrine explosa en projetant des éclats de verre de toutes parts. Le vendeur hurla. J'aperçus Gott en haut d'un escalier, un pistolet à la main. Grâce au silencieux, aucun coup de feu n'avait retenti et personne n'avait rien remarqué. De toute façon, les clients étaient bien trop affairés pour s'arrêter.

« Par là ! » criai-je à Lauren.

Elle s'élança à droite, moi à gauche. Je la vis s'engouffrer dans le rayon « Hommes » tandis que j'atteignais l'Escalator. Je n'avais pas le temps de revenir en arrière et peut-être avions-nous plus de chances de fuir en nous séparant.

« Le point de rencontre pour les personnes ayant perdu leurs enfants se trouve au rez-de-chaussée », annonça la voix du haut-parleur.

Lauren m'avait perdu mais, si je ne perdais pas à mon tour les Allemands, notre point de rencontre risquait fort d'être la morgue.

L'Escalator montait lentement, trop lentement. De plus, la foule m'interdisait de bouger. Je me tassai et jetai un coup d'œil en arrière pour vérifier si, par chance, mes deux poursuivants ne m'avaient pas perdu de vue. Pensez-vous ! Aucun signe de Gott mais Himmel, lui, me suivait à la trace, son pistolet pointé sur moi. Je me baissai instinctivement. Cette fois, la balle fit voler en éclats un panneau lumineux, juste au-dessus de ma tête. J'atteignis enfin le palier du premier étage, contournai la cage d'escalier à travers une collection de chapeaux, poursuivis mon ascension jusqu'au deuxième, puis au troisième étage. Arrivé là, sans même m'assurer de la présence d'Himmel, je traversai en courant le rayon « Enfants » et m'arrêtai sous un portique pour reprendre mon souffle. La foule était moins dense dans ce secteur. Je crus avoir échappé au tueur, mais un mannequin en plastique s'écroula à quelques pas de moi, un trou en plein front. Je repris ma course et arrivai dans un endroit nettement plus animé. Cela ne me dérangeait pas. Plus on est de fous, plus on rit. Il me fallut quelques secondes pour comprendre où je me trouvais ; à ce moment-là il était trop tard pour rebrousser chemin.

LA GROTTE MAGIQUE, annonçait une pancarte. Le Père Noël et les personnages favoris des enfants ! Je préférais presque Himmel.

Les curieux formaient une file d'attente. Je les ignorai sans vergogne et doublai tout le monde sans me soucier des cris de protestation, franchis un rideau rouge, dévalai un couloir, dépassai sans m'arrêter une femme qui contrôlait les entrées, glissai le long d'une rampe et m'écrasai contre un mur de brique qui, par chance, était en carton peint.

Je me retournai, certain d'avoir enfin semé mon poursuivant, mais Himmel se tenait non loin de moi, figé dans une curieuse position d'attaque. Son bras valide plongea dans sa poche pour sortir ce que je devinais trop bien. Je m'enfonçai dans la grotte.

Dans la pénombre, une foule compacte se pressait devant des maquettes animées en suivant un itinéraire organisé en zones lumineuses. Un haut-parleur commentait les aventures des personnages de contes de Noël. J'avançai sans m'arrêter en bousculant tous les spectateurs qui me barraient la route. Personne ne se plaignit. Les bras chargés d'enfants qui les assommaient de questions, les quelques adultes présents avaient d'autres soucis.

Moi aussi. Je me sentais pris au piège. Il me fallait trouver une issue au plus vite. J'en aperçus une, mais un garde de la sécurité la bloquait. Je pris un virage, stoppai devant une nouvelle maquette animée sans même la regarder. Certains enfants commençaient à s'intéresser davantage à moi qu'au spectacle, sans doute intrigués par mes regards anxieux, mon front en sueur et mes halètements. Je ne distinguais plus Himmel mais, après quelques pas plus avant à l'intérieur de la grotte, un automate vola brusquement en éclats, bras et jambes éparpillés, et je repris ma course.

Personne n'avait encore rien remarqué d'anormal. Il faut préciser qu'il faisait très sombre à l'écart des maquettes et que, lorsqu'on admire les évolutions d'un vaisseau miniature chargé de souris blanches, on ne peut pas en même temps prêter attention au jeune frère d'un détective privé en train de se faire assassiner derrière soi. Un groupe d'enfants freinait la progression d'Himmel. Je reculai sans le quitter des yeux. Soudain, des bras puissants me saisirent à bras-le-corps pour me soulever du sol et je me retrouvai assis sur les genoux du Père Noël qui m'observait d'un œil amusé, un

sourire éclatant étirant sa barbe blanche. Il portait la tenue complète : chapeau rouge, pantalon rouge, tunique rouge, estomac proéminent.

« Tu as passé l'âge pour venir voir le Père Noël ! se moqua-t-il avec un rire enjoué.

— Lâchez-moi ! » criai-je en me tortillant sur ses genoux.

Mais il m'agrippait solidement, ravi de sa plaisanterie.

« Que désires-tu pour Noël, mon grand ?

— Échapper à un homme qui cherche à me tuer », répondis-je sans cesser de me débattre.

Ma réponse l'amusa beaucoup. Des gens nous observaient en riant. Sans la colère qui me faisait blanchir de rage, j'aurais rougi de honte. Une petite fille d'à peine six ans me pointa du doigt, hilare. Ses parents me photographièrent.

« Hoho... ! » ricana le Père Noël d'une voix tonnante.

Il n'en dit pas plus. J'entendis un sifflement et il chavira. À l'autre extrémité de la salle, Himmel rechargeait déjà son arme, sans que personne fît attention à lui. Tout le monde contemplait avec ébahissement le Père Noël qui se convulsait sur sa chaise, et le filet rouge qui tachait sa barbe blanche. La petite fille se mit à pleurer.

« Ne t'inquiète pas, tentai-je de la rassurer. Le Père Noël va bien. »

Je me trompais. Le Père Noël expira.

Je m'enfuis en courant de la grotte au moment où le public commençait à hurler. Les cris me parvenaient encore alors que je traversais le rayon « Femmes » à la recherche d'une issue.

« Sécurité au troisième étage, sécurité au troisième étage », répétait une voix calme dans les haut-parleurs.

J'aperçus enfin une porte de secours et débouchai sur une cage d'escalier déserte. J'allais dévaler les marches quand j'entendis des bruits de pas précipités monter à ma rencontre. Sans doute, des gardes de la sécurité. En haut, la voie semblait libre et je grimpai au quatrième.

Une porte, un couloir, une autre porte, et j'émergeai au milieu des jouets. J'étais épuisé, incapable de continuer à courir. Le bourdonnement des robots et les couleurs criardes des rayons me donnèrent le vertige. Des jouets mécaniques cliquetaient, des voitures téléguidées vrombissaient, un orgue électrique jouait d'horribles rengaines, les jeux électroniques grésillaient. Quelque chose me frôla la tête. Je crus à une nouvelle attaque et plongeai sur le côté en percutant une pile de robots qui s'égaillèrent sur le sol. Il s'agissait en fait d'un vendeur en train d'effectuer une démonstration de planeur. Je me relevai en titubant.

Cette fois, j'étais certain d'avoir semé mon poursuivant. Des jouets, je passai au rayon des sports et me reposai contre un comptoir qui présentait des articles en promotion. « Découvrez les joies de la plongée sous-marine », clamait une pancarte. Un jeune employé déployait les dernières nouveautés devant un couple d'Américains : masques, combinaisons étanches, harpons.

« Le harpon fonctionne à air comprimé, l'entendis-je expliquer. Il vous suffit simplement de tirer ce levier, de l'armer ainsi, et puis... »

Et puis Himmel apparut, venant de nulle part, à quelques mètres de moi. J'étais pris au piège. La main plongée dans la poche de son veston, il pointait son pistolet sur moi à travers le tissu. Il pouvait tirer et s'éclipser discrètement sans attirer les soupçons.

Je bondis sur le vendeur, lui arrachai le harpon des mains, ajustai Himmel, et pressai la détente. La flèche fila, suivie de son fil argenté, et atteignit Himmel dans la poitrine, juste sous l'épaule. L'impact projeta l'Allemand en arrière et il s'écroula sur un présentoir de clubs de golf.

« Excellent harpon », félicitai-je le vendeur devant les deux Américains médusés.

Himmel ne bougeait plus, enseveli sous les clubs de golf, la flèche plantée dans son joli costume vert pâle. Je profitai de l'effet de surprise, dénichai une autre sortie de secours et quittai le magasin sans encombres. Lauren m'attendait à l'endroit convenu, sur le trottoir opposé.

« Tu as été retenu, Nick ?

— Pas vous ?

— Je n'ai rencontré aucun problème. Gott pouvait à peine marcher, encore moins courir. Apparemment, Himmel était en meilleure forme !

— En excellente forme, acquiesçai-je.

— Nous avons perdu notre temps, Nick, soupira Lauren. Nous n'avons rien appris. »

Je me repassai mentalement les images du rayon alimentation. Tout à coup, la lumière se fit dans mon esprit. J'avais inconsciemment enregistré une foule d'informations qui surgissaient après coup. J'esquissai un sourire, sans doute le même sourire que celui de Johnny Naples. Lauren s'en aperçut.

« Retournons au métro », lui dis-je en l'entraînant.

Je savais, mais il me fallait une preuve.

16

Information

« Le code-barre informatique, expliquai-je à Lauren.

— Pardon ?

— Ce sont ces petits traits noirs imprimés au dos de tous les articles que l'on achète.

— Et alors ?

— Alors, regardez, dis-je en sortant la boîte de Maltés de mon sac. Vous voyez ces petits traits ? C'est un code informatique.

— Je ne comprends toujours pas.

— Chez Selfridges, ils ont installé une caisse électronique expérimentale. La caissière pose l'article sur un lecteur optique qui communique à la machine enregistreuse le prix du produit. J'ai idée qu'en passant cette boîte sur un lecteur optique, on obtiendrait autre chose que son prix.

— Quoi par exemple ?

— C'est précisément ce que j'espère découvrir. »

J'avais d'urgence besoin d'une leçon d'informatique et, pour la première fois de ma vie, je regrettai que l'école fût fermée pour les vacances. Heureusement, il me vint une autre idée. À force d'écrire des articles sur les nouvelles technologies, les journalistes acquièrent des connaissances générales dans de nombreux domaines. Moi, je connaissais un journaliste, Clifford Taylor, celui-là même qui avait interviewé Herbert lors de l'ouverture de son agence et assisté à l'enterrement du Faucon. Il travaillait au *Fulham Express*. Ce fut là que j'entraînai Lauren, impatient de vérifier mon hypothèse.

Personne ne lit le *Fulham Express,* en revanche tout le monde le reçoit d'office dans sa boîte à lettres, au milieu des tracts publicitaires, des réclames de dépannage rapide et de diverses offres d'abonnements, qui servent invariablement à garnir le fond des poubelles.

Pourtant, Clifford Taylor n'était pas un mauvais journaliste. Il était à peu près de l'âge d'Herbert, mais plus maigre, le nez chaussé de lunettes, avec un long cou décharné et la peau criblée d'acné. Son article sur Herbert nous avait valu notre première affaire.

Le bus nous déposa dans le bas de Fulham Road, le pire coin du quartier : boueux sous la pluie, poussiéreux sous le soleil, déprimant par tous les temps. Les locaux du *Fulham Express* étaient situés dans l'artère principale, à côté d'une banque, et occupaient une simple pièce rectangulaire en haut d'un escalier. Une presse d'imprimerie d'un côté, une photocopieuse de l'autre, deux tables surchargées de coupures de presse au milieu. Grâce aux miroirs qui tapissaient tout un mur, l'endroit aurait pu servir de salle de danse.

Clifford Taylor était là, seul, travaillant fiévreusement sur un article qui ne tarderait pas à envelopper les épluchures de pommes de terre d'une ménagère du voisinage. Je toussai pour attirer son attention. Il ne leva même pas la tête.

« Clifford Taylor ?

— Oui, acquiesça-t-il en daignant enfin me regarder. Si vous venez pour le cours de danse, vous arrivez trop tôt. Je libère les lieux à cinq heures seulement.

— Je m'appelle Nick Diamant, vous vous souvenez de moi ? »

Clifford Taylor ôta ses lunettes pour les nettoyer. De larges auréoles de transpiration tachaient sa chemise, et je le soupçonnai d'oublier de se laver régulièrement.

« Nick comment ?

— Diamant. Vous avez écrit un article sur mon frère, l'année dernière. Il est détective privé.

— Diamant, bien sûr ! Comment marchent les affaires, Nick ? Les habitants de Fulham ne doivent pas souvent faire appel aux services d'un privé et...

— Je sais, le coupai-je en connaissant son fâcheux penchant à parler plus que les gens qu'il interviewait. J'ai un petit service à vous demander, mais je ne sais pas si vous pourrez m'aider.

— Dites toujours.

— Il s'agit d'un problème informatique. Vous connaissez quelque chose sur les caisses ?

— Les grosses caisses ?

— Non, les caisses enregistreuses. Celles qui utilisent les codes-barres informatiques.

— Les petits traits noirs, renchérit Lauren en allumant une cigarette.

— J'aimerais apprendre comment cela fonctionne. »

Clifford se lissa les cheveux d'une main.

« Voyons, les codes-barres, marmonna-t-il en

200

fouillant dans une pile de dossiers. J'ai un papier sur ce sujet, information technique et commerciale. Une petite minute... Ah, le voilà ! Un magasin s'est équipé de ce type de matériel, près de la station de métro, notre reporter a écrit un article sur la question.

— Quel reporter ?

— Eh bien... moi, avoua-t-il en rougissant. Je suis l'unique journaliste du *Fulham Express,* en même temps que l'imprimeur et l'éditeur. Pour résumer, je fais tout.

— Racontez-moi ce que vous connaissez sur ces fameux codes. »

Clifford s'adossa contre son fauteuil et posa les pieds sur son bureau avant de prendre une profonde inspiration.

« Les technologies nouvelles se fondent sur la notion essentielle de l'information, sur son stockage et sa transmission. Ainsi, les ordinateurs mémorisent l'information, les satellites la diffusent. Or cette information n'a plus la forme de mots écrits dans un livre, loin de là, elle est devenue ce que l'on appelle l'information digitale.

— À quoi cela ressemble-t-il ?

— Jusque-là, à des petits trous sur une bande informatique perforée. Les disques compacts, par exemple, portent une multitude de trous, trop minuscules pour être visibles à l'œil nu. Le code-barre est une autre technique d'information digitale. Simple, non ? Tous les produits manufacturés actuels sont munis de ce système. Si vous les observez de près, vous remarquerez un nombre de treize chiffres sous les petits traits. Le graphisme fournit à l'ordinateur ce qu'il doit savoir.

— Prenons l'exemple de cette boîte, suggérai-je en sortant les Maltés de mon sac.

— Très bien. Le code est imprimé au dos, comme vous pouvez le constater. Certains des traits vont révéler le nom du fabricant, d'autres la spécificité du produit, d'autres le poids et le prix. Le vendeur peut même s'en servir pour tenir son stock à jour.

— Comment l'ordinateur lit-il le code ?

— Grâce à un rayon laser. La caissière passe la boîte sur une sorte de petite fenêtre sous laquelle se trouve un rayon laser de lecture optique, ou bien un faisceau de lumière diode. Cela revient au même. Dans les deux cas, le faisceau intercepte le code-barre. Vous saisissez ? »

J'acquiesçai sans en être tout à fait certain, mais je préférais ne pas l'interrompre car j'avais tiré une leçon essentielle de mes cours de science au collège : il est assez difficile de suivre les explications d'un scientifique mais, lorsqu'il entreprend d'expliquer ses explications, la tâche devient franchement impossible.

« Parfait, reprit Clifford d'un ton satisfait. Donc, le faisceau effleure le code. Bien entendu les traits noirs absorbent la lumière, seuls les traits blancs la reflètent. Une seule partie du faisceau de lumière est donc renvoyée quelque part à l'intérieur de la petite fenêtre où se trouve un photo-détecteur. Le photo-détecteur est un petit instrument très élaboré qui produit une impulsion électrique à chaque réflexion de lumière. Vous me suivez toujours ? Quand vous glissez le code sur la fenêtre, le faisceau lumineux touche les traits dont les blancs réfléchissent la lumière sur le photo-détecteur qui émet à son tour un signal. Ce signal est l'information digitale transmise à l'ordinateur. C'est un peu le système du morse. Et voilà comment l'ordinateur enregistre tous les renseignements concernant le produit. »

Le journaliste s'interrompit, le regard triomphant, et éternua. Lauren lui prit les Maltés des mains pour examiner de près le code-barre.

« Peut-on utiliser le code comme... une clef, par exemple ? demandai-je, en me rappelant les paroles du Gros.

— Absolument ! s'exclama Clifford d'un air réjoui. En réalité, c'est une clef.

203

— Mais... cette clef peut-elle ouvrir une porte, par exemple ?

— Cela dépend du programme de votre ordinateur, mais c'est tout à fait possible. Vous pouvez ouvrir une porte, jouer aux *Envahisseurs,* faire le thé, etc. »

À présent, tout concordait. Une clef, un code seulement connu du Faucon, un coffre. Les mots griffonnés par le nain dans son paquet de cigarettes correspondaient très exactement à ceux employés par le journaliste pendant son exposé.

Jusqu'alors, j'avais pensé que l'énigme résidait dans les chocolats eux-mêmes et j'aurais dû me douter plus tôt de mon erreur. Le jour où il avait acheté une enveloppe pour y glisser sa boîte, Johnny Naples s'était procuré autre chose, une paire de ciseaux. Dans quel but ? Pour découper le code, bien entendu ! C'était tout ce dont il avait besoin. Il lui suffisait ensuite de l'introduire dans quelque chose... Oui, mais quoi ?

« J'espère vous avoir été utile ? dit le journaliste avec un sourire.

— Plus que vous ne le pensez.

— Une histoire intéressante ?

— Excellente. Un maître du crime, une bande de truands, une fortune en diamants !

— Trop excitant pour le *Fulham Express,* soupira Clifford. En revanche, ne ratez pas mon prochain numéro, j'ai écrit un article fracassant sur l'efficacité des sens interdits à Chelsea.

— Je brûle d'impatience de le lire », lui assurai-je.

Nous le quittâmes après l'avoir chaudement remercié. Ce fut seulement en arrivant en bas de l'escalier que Lauren poussa un cri en portant la main à sa bouche.

« Zut ! J'ai oublié les Maltés en haut ! Je remonte les chercher. Attends-moi ici, mon chou.

— Dépêchez-vous. »

Je sortis l'attendre sur le trottoir où elle me rejoignit un instant plus tard.

« Je dois perdre la tête ! » s'exclama-t-elle.

J'oubliai aussitôt cet incident. Erreur fatale. Nous étions très proches de chez moi et je décidai d'y faire un saut pour récupérer quelques vêtements propres avant de retourner chez Lauren. Comme il était plus pratique pour elle de prendre directement le métro, je la laissai à la station. Elle s'arrêta un instant en haut des marches, un peu hésitante.

« Nick...

— Oui ?

— Ce que je t'ai dit hier soir, je veux que tu

saches que je le pensais sincèrement. Tu es un gentil garçon, tu mérites ce qui existe de meilleur. »

Je la regardai avec un petit rire gêné.

« Que se passe-t-il, Lauren ? J'en ai juste pour une heure et vous parlez comme si nous ne devions jamais nous revoir.

— Tu as raison, je suis idiote. »

Et elle s'engouffra dans la station de métro. Je remontai tranquillement Fulham Road à pied. Il faisait une belle journée, froide mais ensoleillée. Je dépassai le cimetière de Brompton sans y prêter attention. Je réfléchissais. Désormais, bien des points obscurs s'éclaircissaient :

La raison d'être des Maltés notamment, et pourquoi tout le monde les recherchait. Restait pourtant une énigme : si le code était une clef, où se trouvait la serrure ? Une autre question m'intriguait : qui avait tué Johnny Naples ?

Je pariai pour le Gros. S'ils avaient été coupables, Gott et Himmel se seraient fait une joie de me l'avouer quand ils me retenaient prisonnier, tout comme ils m'avaient avoué le meurtre de Lawrence sans l'ombre d'un remords. Cependant, j'imaginais mal le Gros se salir les mains de cette façon. Cela ne correspondait pas à son style mais, si ce n'était lui, qui avait assassiné Johnny ? Qui ?

Je tâtai mon sac, rassuré par la présence des Maltés. Pour l'instant ils étaient en sécurité et cela seul comptait.

J'arrivai chez moi vers trois heures et m'y faufilai le plus discrètement possible. Je n'avais pas l'intention de m'attarder, juste le temps de prendre une chemise et des chaussettes de rechange. La porte du bureau était ouverte. J'entrai.

Quatre malabars m'attendaient. Celui qui se cachait derrière la porte la referma d'un coup de pied et me barra la sortie. Les quatre brutes portaient des costumes extra-larges, car c'était des brutes extra-larges. Au cas où l'homme aurait descendu du singe, je soupçonnais ces quatre-là de n'avoir guère évolué. Ils étaient grands, larges, athlétiques, avec des regards obtus, des lèvres minces, et mastiquaient leur chewing-gum en cadence.

« C'est toi, Nick Diamant ? questionna l'un d'eux.

— Moi ? Oh... non, pas du tout. Je... suis le garçon livreur.

— Et que viens-tu livrer ? »

Il me fallait réfléchir vite, sous peine de ne plus jamais pouvoir réfléchir.

« Heu... Un télégramme chanté ! m'exclamai-je. Bon anniversaire, mes vœux les plus... »

Le reste de la chanson se coinça au fond de ma

gorge. Mes visiteurs n'avaient pas du tout l'air convaincu.

« Un télégramme chanté, hein ?

— Je vous en prie... Donnez-moi encore une chance, je...

— Tu chantes faux. »

Ils éclatèrent de rire, un rire plus effrayant que ceux qui résonnent dans les trains fantômes.

« Vous faites erreur, me défendis-je. Je ne suis pas celui que vous cherchez ! »

Mes dénégations ne les empêchèrent nullement d'avancer sur moi. Le premier à m'atteindre fut l'homme qui bloquait la porte. Il m'agrippa par les épaules et me souleva de terre.

« Y a pas d'erreur, mon mignon. Suis-nous, le Gros veut te voir. »

17

Dans le brouillard

Les quatre brutes se prénommaient Lenny, Benny, Kenny et Fred. Lenny commandait, sans doute parce qu'il avait son permis de conduire. Leur voiture était garée devant la porte, une Mini Morris dans laquelle tout le monde parvint à s'entasser et qui démarra miraculeusement. Coincé comme je l'étais sur le siège arrière entre Benny et Kenny, je pouvais à peine remuer un cil, et ils m'auraient très certainement étouffé s'ils avaient respiré en même temps. Les Maltés étaient toujours dans mon sac, mais mon sac avait atterri sur les genoux de Fred. Lenny conduisait. Ils m'emmenaient « faire une petite promenade », selon leur propre expression, et j'éprouvais l'horrible pressentiment que ce serait un aller simple.

La voiture quitta la ville vers l'ouest en direction de Richmond. Averti par un coup de téléphone de Lenny avant notre départ, le Gros nous attendait. À l'allure où roulait la Morris, son attente risquait de se prolonger. Je caressais le fol espoir que le moteur rendrait l'âme avant d'arriver à destination, une petite promenade comme celle que m'offraient les quatre brutes ne se faisant pas en autobus.

« Vous n'avez pas le droit, protestai-je faiblement. Je suis mineur, je ne suis qu'un gamin ! J'ai encore toute la vie devant moi.

— C'est ce que tu crois, persifla Lenny.

— J'ai de l'argent, je ferai de vous des hommes riches.

— Sûr... Lègue-le-nous sur ton testament ! »

La voiture quitta bientôt la route principale pour s'engager dans une ruelle venteuse qui traversait les vestiges d'un complexe industriel désaffecté depuis au moins cent ans. Imaginez un enchevêtrement de bâtiments du XIXe siècle, la plupart détruits par le feu. La voie descendait vers la rivière. Le goudron s'arrêta net, remplacé par des graviers qui se mirent à crépiter sous les roues. La Morris rebondissait sur les bosses, les quatre brutes rebondissaient sur leurs sièges, les amortisseurs criaient grâce. La voiture hoqueta jusqu'à la berge avant de s'immobiliser. Nous étions arrivés.

« Dehors », m'ordonna Lenny.

Un revolver avait surgi dans son poing, inutile de vous préciser sur qui il le pointait. L'œil noir d'un canon de revolver n'est pas une vision agréable, le diable en personne doit avoir le même.

« Avance ! » aboya Lenny.

J'avançai. Nous nous trouvions sur un terrain de la taille d'un parking, où seule stationnait la Morris. Tout autour s'élevaient des immeubles en construction orientés face à la Tamise, la plupart n'ayant pour l'instant guère dépassé le stade des fondations, et nous étions cernés de poutrelles métalliques qui formaient une sorte de théâtre antique. Malheureusement j'étais seul en scène et il n'y avait aucun spectateur. Le jour déclinait et, pour compléter le tableau (ou plutôt pour l'assombrir), le brouillard s'épaississait au-dessus de la rivière qui exhalait des relents de sel et de poisson mort. Je frissonnai. Les contours de la berge opposée disparaissaient peu à peu, ruinant tous mes espoirs d'attirer l'attention d'un passant. J'étais désespérément seul, en compagnie des quatre personnages les plus odieux qu'on puisse imaginer.

Il se produisit un léger sifflement lorsque l'un

d'entre eux alluma une lampe à pétrole qui diffusa un faible halo de lumière blanche. Je ne comprenais pas pourquoi ils allumaient de si bonne heure, mais cela ne me plaisait guère. À quelques mètres, je remarquai une vieille chaise en bois à côté d'une antique baignoire en fonte très profonde, ainsi que de gros sacs en papier brun empilés. Kenny en ouvrit un, une poudre grise et fine s'en échappa. Pendant ce temps, Benny le rejoignait en tirant derrière lui un tuyau d'arrosage d'où jaillissait un jet d'eau luisant comme du mercure à la lumière de la lampe. Du ciment, de l'eau, une baignoire, une chaise et la Tamise. À présent je comprenais et cela me plaisait encore moins.

« Assieds-toi », me commanda Lenny en m'indiquant la chaise.

J'avançai, mes semelles raclant le gravier humide. Les quatre hommes ne me quittaient pas des yeux. Cette petite séance ne leur procurait aucune satisfaction, ils effectuaient simplement leur travail. Je n'en tirai pas plus de plaisir qu'eux, mais moi on ne me payait pas. Je m'assis sur la chaise, résigné. Lenny l'avait collée contre la baignoire afin de m'obliger à poser mes jambes à l'intérieur du bac. Du coin de l'œil, je surveillais Kenny et Benny en train de mélanger le ciment tout en songeant que, si par miracle je m'en sortais, je sauterais dans le premier avion en partance pour l'Australie. Mes parents n'étaient pas les compagnons rêvés, mais au moins n'avaient-ils jamais tenté de me tuer (en tout cas pas à ma connaissance).

« Écoutez, Lenny, commençai-je d'un ton raisonnable.

— Silence, le môme ! » aboya-t-il.

Benny et Kenny apportèrent deux grands seaux de ciment humide et attendirent que Lenny hoche la tête pour les décharger dans la baignoire. Le ciment se déversa mollement autour de mes pieds comme de la bouillie froide. Sous le poids, je sentis mes pieds s'écraser dans mes chaussures et tentai de remuer les orteils.

« Ne bouge pas, m'intima Lenny en pressant le canon de son arme contre ma joue.

— Mais c'est froid et mouillé, protestai-je faiblement.

— Ça séchera vite, ne t'inquiète pas. C'est du ciment à prise rapide. Plus tu resteras tranquille, plus tôt ce sera fini. »

Deux autres seaux de ciment s'ajoutèrent aux premiers, puis encore deux. À présent, le ciment atteignait mes genoux. Quiconque m'aurait aperçu dans cette position, assis les jambes dans une baignoire face à la Tamise, m'aurait pris pour un fou. Malheureusement personne ne pouvait me voir et je n'étais pas fou. La nuit tombait, le brouillard s'épaississait, le ciment aussi.

Lenny ne prenait même plus la peine de m'intimider avec son arme. Le ciment se solidifiait rapidement et il m'était impossible désormais de soulever les pieds. La peur commença réellement à m'envahir. Vous connaissez le dicton à propos du pied dans la tombe ? Moi j'en avais deux et je pressentais que mes quatre amis n'allaient pas tarder à me jeter dans la rivière où je coulerais comme une pierre.

On raconte que, au moment de mourir, l'homme voit défiler le film de sa vie entière. Dans mon cas, la séquence dura à peine cinq secondes, ce qui m'attrista profondément. J'avais peu vécu et consacré la plus grande partie de mon temps à l'école.

Tout à coup, un clapotis provenant de la rivière me fit dresser l'oreille. Un bateau ! Un espoir fou me saisit, qui s'évanouit aussitôt quand je remarquai le sourire des quatre brutes. Fred avança sur la berge. La proue effilée d'un yacht lisse et blanc déchira le rideau de brouillard, puis une passerelle s'abaissa sur le talus et le Gros mit pied à terre.

Il portait un smoking, un nœud papillon mauve, une écharpe de soie blanche. Après un léger signe de tête en direction de ses hommes de main, il s'avança vers moi, puis se pencha pour tâter le ciment du bout des doigts. Le ciment s'était figé en un bloc compact, je ne sentais plus mes pieds. Le Gros se redressa, entouré des quatre tueurs.

« Tu ne fais plus d'esprit aujourd'hui, Nicholas ? ricana-t-il. Aucun bon mot pour nous distraire ?

— Vous êtes timbré, grommelai-je.

— Et toi tu es stupide, mon garçon. La chance t'a souri à l'hôtel *Splendide,* mais maintenant c'est fini.

— Que me reprochez-vous ?

— Tu m'as menti. Pire, tu m'as défié. Je t'avais accordé deux jours pour me remettre ce que je cherche, or tu l'as gardé pour toi.

— Eh bien... accordez-moi une seconde chance. »

Il renifla puis se tourna vers Fred qui lui tendait la boîte de Maltés, et l'approcha de la lampe à pétrole pour l'examiner.

« Parfait », murmura-t-il.

Son sourire satisfait me désarçonna. Comment avait-il appris le secret des Maltés ?

« Tu te demandes comment je suis au courant, n'est-ce pas ? gloussa-t-il en se tournant vers le yacht. Professeur ! Descendez nous rejoindre ! »

Une silhouette se profila dans le brouillard et approcha jusqu'à la limite du cercle de lumière. Quentin Quisling cligna des yeux.

« Vous m'avez remis la mauvaise boîte, jeune homme, me lança-t-il d'un ton de reproche.

— Dès qu'il s'en est rendu compte, le Professeur est venu me trouver, poursuivit le Gros. Sage décision de sa part. Sais-tu que le Professeur est l'inventeur de cet ingénieux procédé ? Le Faucon désirait une clef qui ne ressemblait pas à une clef, à cause de ses nombreux ennemis.

— Mais pourquoi avoir choisi des Maltés ? demandai-je pour satisfaire ma curiosité.

— Parce que j'adore les Maltés, gloussa le Professeur.

— Désormais ils sont entre mes mains, reprit le Gros avec un sourire réjoui qui étirait sa peau flasque. Et le Professeur va bientôt me confier ce qu'ils ouvrent.

— Ensuite vous le tuerez, je suppose ?

— Tais-toi », gronda le Gros.

Je n'avais plus rien à perdre. Il me restait quelques minutes à vivre et le froid du ciment me pénétrait déjà les os.

« Vous n'espérez pas sérieusement que le Gros va partager le butin avec vous, Professeur, n'est-ce pas ? Une fois que vous lui aurez dévoilé le secret, vous me rejoindrez au fond de la Tamise.

— Nous sommes convenus de partager moitié-moitié », bougonna Quisling.

Pourtant j'avais éveillé un doute dans son esprit. Le Gros s'en aperçut lui aussi. Il devint livide et les veines de son cou gonflèrent tellement sous le coup de la colère qu'elles menaçaient de faire craquer son nœud papillon.

« Jetez-le à l'eau ! hurla-t-il. Immédiatement ! »

Lenny, Benny et Kenny se précipitèrent pour soulever la baignoire, avec moi dedans. J'aurais hurlé, pleuré, supplié, si j'avais cru que hurler, pleurer ou supplier servirait à quelque chose. Les trois hommes avançaient pesamment vers la berge sous le regard furieux de leur patron. Je vis l'eau noire approcher.

Nous étions arrivés à deux mètres à peine du bord lorsqu'un puissant projecteur troua brutalement la nuit et le brouillard. Les gangsters stoppèrent net, pétrifiés. Il y eut un grésillement, puis une voix retentit, déformée par un amplificateur :

« Police ! Ne bougez pas, vous êtes encerclés ! »

Mes trois porteurs lâchèrent la baignoire, je tombai donc avec, droit comme un I, tandis que le Gros s'élançait vers son bateau, les Maltés pressés contre lui, le Professeur trébuchant dans son sillage. Lenny sortit son arme pour tirer sur le projecteur. Je tentai de plonger pour me mettre à l'abri mais le ciment m'interdisait tout mouvement et je restai dressé, rigide comme un tronc d'arbre. Un coup de feu répondit à celui de Lenny qui bascula en arrière en lâchant son revolver.

« Ne bougez plus ! répéta la voix. Nous sommes armés ! »

L'avertissement arrivait trop tard pour Lenny. De son côté, le Gros avait atteint le bateau et se retournait pour aider le Professeur, mais le Professeur ne se trouvait plus derrière lui. À moitié ivre et totalement myope, il avait manqué la passerelle et plongé dans la Tamise, tandis que Kenny, Benny et Fred se dispersaient pour chercher un abri. Trop tard. Le terrain grouillait déjà de policiers dont les ombres s'étiraient lorsqu'ils coupaient le faisceau du projecteur.

Manifestement le Professeur ne savait pas nager. Il s'enfonçait dans l'eau noire en appelant au secours mais le Gros n'avait pas le temps de le repêcher. La police avait presque atteint le yacht.

Les moteurs vrombirent et le bateau pivota pour prendre le large. À cet instant précis, le Professeur poussa un hurlement atroce. Les hélices avaient dû le hacher menu et je fus ravi de ne pas apercevoir ce qui restait de lui. Les policiers avaient maîtrisé les trois comparses du Gros. Tout le chantier était illuminé, et moi je trônais au milieu, statufié. Soudain, je sentis la baignoire glisser lentement vers la

rivière, irrésistiblement, centimètre par centimètre.
Puis la voix familière de Snape retentit :

« Arrête, Boyle ! Lâche cette baignoire ! Tu ne
vas tout de même pas le noyer, nous sommes venus
pour le sauver ! Va plutôt chercher un burin pour
le dégager. »

18

Dans le bain

Snape et Boyle m'accompagnèrent chez moi. J'étais gelé, mouillé, fourbu, mon pantalon et mes chaussures rendaient l'âme, et mes jambes ne valaient guère mieux, comme si le ciment s'était infiltré jusque dans mes veines. J'avais mal à la gorge, le nez bouché et, surtout, j'avais perdu les Maltés. Il y a des jours où l'on ferait mieux de rester couché.

Je téléphonai chez Lauren pour la rassurer sur mon sort, personne ne répondit. Les deux policiers s'installèrent dans le bureau pendant que je leur préparais un café. Eux et moi ne nous aimions pas, mais ils m'avaient sauvé la vie et c'était le moins que je puisse leur offrir pour les remercier.

« Comment m'avez-vous retrouvé, inspecteur ? questionnai-je en lui tendant une tasse.

— Des policiers surveillaient ton appartement. Ils ont assisté à ton enlèvement. Une chance pour toi ! Nous avons filé la Morris jusqu'à la Tamise et appelé des renforts par radio.

— Pourquoi aviez-vous posté des guetteurs ?

— Devine ! ricana Snape. Depuis quelques jours, je reçois les rapports les plus dingues que j'aie lus en trente ans de carrière. Un adolescent saute dans Portobello, un adolescent jette un piano à queue du cinquième étage d'un immeuble, un adolescent devient fou furieux dans un grand magasin et laisse derrière lui une quarantaine d'enfants hystériques et un Père Noël mort ! On aurait pu croire qu'une multitude de jeunes voyous s'étaient répandus dans Londres, pourtant il s'agissait d'un seul et même garnement. Toi !

— Je peux tout vous expliquer, inspecteur.

— J'y compte bien. Tu m'as sérieusement compliqué la vie, mon garçon, et tu as contrarié ce pauvre Boyle.

— C'est vrai, tu m'as contrarié, grimaça Boyle.

— Tu as provoqué plus de désastres que les Allemands pendant les deux dernières guerres mondiales ! renchérit Snape. Quand je pense que je croyais ton frère dangereux !

— Où est Herbert ?

— Nous l'avons relâché à midi. Nous ne pouvions plus le garder et, en toute franchise, nous n'en avions pas envie.

— Dans ce cas, je me demande pourquoi il n'est pas rentré. »

L'absence de mon frère m'intriguait sans toutefois m'inquiéter. Je le soupçonnais de s'être réfugié chez tante Maureen. En revanche, qu'il ait disparu sans régler les factures me causait davantage de soucis car je risquais fort de passer une partie de l'hiver sans chauffage.

« Il a répondu à vos questions, inspecteur ?

— Il a chanté comme un pinson.

— Herbert a de nombreux liens de parenté avec les pinsons.

— Donne-moi les Maltés, répliqua Snape d'un ton tranchant.

— Désolé, inspecteur, le Gros me les a volés. Si vous en doutez, fouillez mon sac.

— C'est déjà fait.

— Le Gros les a emportés avec lui. Il vous suffit de l'arrêter pour les récupérer.

— L'arrêter ? Impossible, grimaça Snape.

— Pourquoi ?

— Parce que nous n'avons aucune preuve contre lui. Rien d'assez solide, en tout cas.

— S'il vous faut du solide, le ciment dans lequel il m'a coulé ne vous suffit pas ?

— Tu ne comprends pas, se plaignit le policier d'un ton désemparé. Il niera tout, et prétendra que nous avons commis une erreur sur l'identité du coupable à cause du brouillard. Sans compter l'alibi en béton qu'il nous opposera ! »

Je hochai tristement la tête, découragé.

« Dans ce cas, il aura toute liberté pour s'emparer des diamants et vous pourrez classer l'affaire.

— C'est ta faute, intervint Boyle. Si tu nous avais remis cette fichue boîte dès le début, nous...

— Vous la lui auriez rendue dès qu'il serait venu vous la réclamer », l'interrompis-je.

Ma remarque déplut à Boyle. Snape se leva.

« Tu devras cependant répondre à un certain nombre de questions, mon garçon, gronda l'inspecteur-chef.

— Vous m'arrêtez ?

— Non, ça suffit pour aujourd'hui. Nous reprendrons la discussion la semaine prochaine. Comme tu l'as fait remarquer, l'affaire est classée puisque le Gros détient les Maltés. »

Je les accompagnai jusqu'à la porte. Snape s'arrêta sur le seuil.

« Bonne nuit, inspecteur.

— Nous te contacterons dans quelques jours. En attendant, joyeux Noël ! »

J'avais complètement oublié que nous étions le 24 décembre.

« Joyeux Noël, inspecteur. Vous aussi, Boyle », soupirai-je.

Boyle me répondit par un vague grognement, il ignorait probablement ce qu'était Noël.

Une heure plus tard, je me prélassais dans un bain chaud, de la mousse jusqu'aux oreilles, le petit canard en plastique d'Herbert flottant autour de mes orteils. Mon corps n'avait pas fière allure. Entre les cordes, le ciment, les mauvais traitements de toutes sortes, j'étais marqué de trop de bleus pour pouvoir les compter. Pourtant le bain délassa mes membres crispés et m'aida à réfléchir. Il était temps d'étudier sérieusement la situation.

À quel coffre les Maltés donnaient-ils accès ? Telle était la question essentielle. Je sentais que la réponse était enfouie dans mon subconscient. L'endroit que je cherchais se situait non loin de chez moi, j'en étais convaincu.

Quand il avait quitté Portobello, muni de ses Maltés et d'une paire de ciseaux, Johnny Naples connaissait déjà la réponse, il savait où il allait et marchait dans Fulham. S'apercevant qu'on le filait, et pour ne pas guider ses poursuivants à la cachette, il était monté nous confier son précieux paquet. Donc le coffre de diamants se trouvait dans le quartier. Mais quel rapport pouvait avoir le Faucon avec Fulham ?

Quatre jours après sa visite, nous avions découvert le nain mourant. Il nous avait murmuré deux mots : Faucon et soleil (c'était du moins tout ce que j'avais saisi). Quel lien existait-il entre le Faucon et le soleil ? Aucun. À moins que le nain n'ait fait allusion à un autre faucon, à un oiseau plutôt qu'à un homme. Ou encore... une statue d'oiseau.

Une phrase de Clifford Taylor, le journaliste, me revint en mémoire. Il avait décrit le laser comme un rayon lumineux, or qu'était le soleil sinon un rayon lumineux ?

Je me rappelai aussi que, en s'emparant de la boîte de Maltés, le Gros avait aussitôt examiné le verso, le Professeur lui ayant probablement conseillé de s'assurer ainsi qu'il s'agissait de la bonne boîte. Donc, elle portait une marque distinctive et il était facile de deviner laquelle.

« Sous les traits noirs, vous remarquerez un nombre de treize chiffres », nous avait expliqué le journaliste. C'était ce nombre, la clef du mystère. Je l'avais si souvent relu que je le connaissais par cœur : 3000 510 004154.

Je sortis précipitamment de la baignoire, attrapai une serviette, et descendis au bureau encore tout dégoulinant. Il me fallut une heure pour dénicher ce que je cherchais : un morceau de papier avec un numéro écrit dessus, un numéro que j'avais moi-même noté pour Herbert le jour de l'enterrement du Faucon.

Sur les treize chiffres composant le code de la boîte de Maltés, six étaient des zéros. Restait donc sept. Sept chiffres formant un numéro de téléphone. Et je savais à quoi il correspondait.

Je poussai un cri de triomphe. Ce fut ce moment précis que choisit le téléphone pour sonner, si fort et impérativement que j'en laissai presque tomber ma serviette.

« Nick Diamant ? lança une voix haineuse.

— Gott, murmurai-je, abasourdi.

— Nous tenons ton frère. »

Décidément, l'enlèvement était une manie chez eux. Après Lauren et moi, Herbert.

« Que voulez-vous ?

— Si tu ne nous remets pas ce que nous cherchons, il meurt. »

Je n'étais plus en mesure de leur donner satisfaction mais je ne pouvais le leur avouer car, soudain, tout s'éclaircissait. J'aurais dû le deviner plus tôt.

« Venez au cimetière de Brompton, lui suggérai-je impulsivement. Retrouvez-moi devant la tombe du Faucon, demain à midi. »

Puis je raccrochai. Discuter n'aurait mené à rien. Ensuite je fouillai dans le tiroir d'Herbert pour trouver la carte de visite que le Gros nous avait donnée à Trafalgar et appelai son numéro sans perdre une minute. Une voix neutre me répondit.

« Que désirez-vous ?

— Parler au Gros.

— Il est absent.

— Laissez-lui un message de ma part.

— Qui êtes-vous ?

— Je m'appelle Nick Diamant. Dites-lui que je sais ce que la clef ouvre et que je veux conclure un marché avec lui. Demandez-lui de me rejoindre demain au cimetière de Brompton, à midi moins cinq, devant la tombe du Faucon. Seul. Compris ?

— C'est noté. »

Ensuite je passai un dernier coup de téléphone. C'était le plus pénible car il me coûtait trois millions et demi de livres.

Laissez-moi vous résumer la situation. Le Gros détenait les Maltés, Gott détenait Herbert, et moi la réponse de l'énigme. Si je ne commettais aucune erreur, tout se mettrait en place dès le lendemain midi. Si, au contraire, je me trompais, eh bien... le dénouement de l'histoire se déroulant dans un cimetière, on n'aurait pas à transporter mon cadavre bien loin.

J'espérais seulement que le soleil serait lui aussi au rendez-vous.

19

Le rayon lumineux

Le cimetière de Brompton n'est désert que deux ou trois jours de l'année, Noël est l'un de ces jours-là. Cela me convenait parfaitement car mon plan se passait de témoins.

J'arrivai devant la tombe du Faucon un quart d'heure avant midi. Il n'y avait personne dans les parages et, par chance, le soleil d'hiver brillait dans un ciel sans nuages. Je pouvais au moins compter sur le temps.

Sur la tombe, la terre était encore meuble, comme une blessure pas encore cicatrisée. Il faudrait du temps avant que le gazon la recouvre, mais le temps est la chose qui manque le moins dans un cimetière. J'examinai le mémorial des Falkenberg, cet étrange cube surmonté de la statue de faucon en pierre, et me rappelai un vieux dicton que le Faucon s'était efforcé de démentir : « Tu ne l'emporteras pas dans la tombe. »

Quant à l'inscription gravée dans la pierre, il devait en rire encore : « Le chemin du juste est un rayon de lumière... »

J'entendis soudain grincer le portail de fer qui donnait sur Fulham Road. Le Gros apparut bientôt, vêtu d'un manteau en poil de chameau sous lequel ses omoplates formaient de vraies bosses. Il tenait négligemment une canne-siège à la main et marchait d'un pas guilleret, comme un bon père de famille prenant un peu d'exercice avant le plantureux repas de Noël.

Il déplia sa canne-siège et se cala dessus. Il souriait, mais seulement du bout des lèvres. Ses yeux m'épiaient.

« Joyeux Noël, lui lançai-je poliment.

— C'est mon souhait le plus cher. J'espère aussi que tu ne me fais pas perdre mon temps. Tu sais comme je déteste...

— Vous avez les Maltés ? le coupai-je.

— Les voici, répondit-il en sortant la boîte de sa poche, mais sans la lâcher.

— Lisez le chiffre inscrit au verso.

— Je veux d'abord connaître les termes du marché que tu me proposes, puisque tu prétends avoir percé le secret du Faucon.

— C'est simple. Nous partageons le butin, cinquante/cinquante.

— Non. Quatre-vingts pour moi, vingt pour toi.

— Soixante/quarante », rétorquai-je.

J'entrai dans son jeu et marchandai les pourcentages, tout en sachant qu'il se débarrasserait de moi dès qu'il ouvrirait le coffre. L'essentiel pour moi était de lui faire brandir les Maltés.

« Je t'accorde trente pour cent, trancha-t-il. C'est ma dernière offre. »

Ce fut la dernière, en effet. Il y eut un mouvement dans l'allée derrière lui et, quand il se retourna, le Gros se trouva nez à nez avec Gott et Himmel qui encadraient Herbert.

Mon frère avait maigri mais il paraissait en meilleure forme qu'Himmel. Outre son bras plâtré et son crâne enturbanné, le pauvre Allemand avait le torse bandé de pansements qui déformaient son élégante chemise, et il était agité de tressaillements nerveux qui le faisaient ressembler aux automates de Selfridges. Manifestement, le harpon avait commis des dégâts.

Je souris à mon frère.

« Salut, Herbert !

— Tim », rectifia-t-il, vexé.

Mon frère m'étonnerait toujours. On m'avait enlevé, ligoté, pourchassé, malmené, presque tué, lui-même venait de passer plusieurs jours en prison, inculpé de meurtre, nous étions entourés de trois tueurs psychopathes, or la seule chose qui le préoccupait était son nom de baptême !

« Comment vas-tu... Tim ?

— Bien. J'ai un petit rhume mais...

— Ça suffit ! coupa le Gros. Je me demande vraiment où nous sommes !

— Dans un cimetière, lui répondit Herbert.

— Vous connaissez ces deux messieurs, le Gros ?

— Oui, ce sont Gott et Himmel, gronda-t-il.

— Je ne te conseille pas de te moquer de nous, Nicholas, grimaça Gott à mon intention. Sinon...

— Ne vous inquiétez pas, chose promise, chose due. Je vous ai promis les Maltés en échange d'Herbert, les Maltés sont dans les mains de monsieur à qui j'ai, par ailleurs, promis de révéler leur secret. Si vous le permettez, c'est ce que je vais faire tout de suite. »

Tout le monde s'était tu. Le vent m'ébouriffait les cheveux, il faisait froid. Je n'avais qu'un seul désir : en finir avec cette histoire.

« Vas-y, m'encouragea Gott.

— Oui, vas-y, renchérit le Gros. Et mieux vaut pour toi ne pas te tromper.

— Très bien. Laissez-moi vous expliquer le système. Henry von Falkenberg était un homme extrêmement prudent qui ne se fiait à personne. Il conservait trois millions et demi de livres en diamants dans un coffre spécialement conçu pour lui. La clef elle-même en était spéciale, de façon que nul ne soupçonne qu'il s'agissait d'une clef. Il avait confié la construction de son coffre au défunt Professeur, lequel avait imaginé un procédé qui permettait au Faucon de choisir sa propre combinaison. Rien de très compliqué en réalité, puisque la clef consistait en un code informatique qui aurait pu se trouver sur n'importe quoi : un paquet de chips, un jeu de cartes... une boîte de Maltés. Le Faucon transportait sa clef avec lui à chacun de ses voyages en Angleterre, sans avoir rien à redouter de la douane ou de la police. Qui aurait soupçonné une boîte de vulgaires chocolats d'ouvrir la porte à une fortune ?

— Abrège, s'impatienta le Gros.

— Pour plus de sûreté, ou bien par humour, le Faucon disposait en outre d'une sorte de dispositif de sécurité. Peut-être n'était-ce aussi qu'un indice sur lequel ses héritiers devaient s'entre-déchirer.

— Quoi ?

— Un numéro inscrit sur la boîte. Ce numéro se compose de plusieurs chiffres, avec quelques zéros pour brouiller les pistes. Il s'agit du numéro de téléphone du cimetière où nous nous trouvons. Amusant, non ? »

Je marchai vers la pierre tombale. Personne ne parlait mais je sentais tous les regards braqués sur moi comme des revolvers. Je me hissai sur la pointe des pieds et nettoyai les yeux de la statue du faucon. Comme je l'avais prévu, ils n'étaient pas en pierre mais en verre.

« À quoi joues-tu ? grogna le Gros.

— Vous vous demandiez où se cache le coffre du Faucon, le voilà. L'inscription gravée dans le socle fait référence au faisceau lumineux qui déclenche le mécanisme d'ouverture. C'est ce que Johnny Naples a tenté de me confier avant de mourir en me parlant du soleil. Je ne vais pas vous expliquer comment fonctionnent les codes-barres informatiques, sachez seulement qu'il s'agit là du premier lecteur optique solaire, dont nous devons l'invention au Professeur. Quentin Quisling était corrompu, ivrogne, mais génial. Le rayon de soleil pénètre par l'œil de verre de la statue et alimente en énergie tout le système. Une fois que l'on a glissé le code dans le bec, un photo-détecteur le lit, le transmet à un petit ordinateur qui déclenche le mécanisme d'ouverture de la porte. Bien entendu, il faut disposer du code adéquat, celui-ci se trouve sur la boîte de Maltés que le Gros tient entre ses mains. »

Je m'interrompis. Personne ne soufflait mot. Seul Herbert paraissait perplexe.

J'ignorais précisément ce qui allait se passer mais je vais vous brosser rapidement le scénario que j'avais imaginé. Le Gros n'avait pas plus l'intention que Gott et Himmel de partager les diamants. Or, désormais, chacun d'eux connaissait le moyen de s'en emparer. Herbert et moi étions oubliés, bien entendu. Personne ne s'occupant plus de nous, il nous suffirait, selon moi, de nous éclipser discrètement en laissant nos trois amis régler leur différend. En fait, les choses se déroulèrent autrement.

Tout se passa en une fraction de seconde.

D'un geste désinvolte, le Gros s'était relevé de sa canne-siège dont il pointa soudain l'extrémité sur Himmel. Dans le même temps, Gott avait tranquillement glissé une main dans sa poche. Les deux coups de feu éclatèrent simultanément. Himmel abaissa un regard étonné sur le trou rouge qui lui avait perforé la poitrine, tandis que le Gros abaissait sa canne-siège-revolver au bout encore fumant. Il sourit, puis son sourire s'effaça quand il s'aperçut que la balle de Gott l'avait atteint en plein cou. Il s'effondra en même temps qu'Himmel et la boîte de Maltés roula sur l'herbe.

« Ramasse-la », m'ordonna Gott.

Je m'exécutai. Un curieux grincement m'agaça les oreilles. Comme ce n'était pas encore la saison des sauterelles, je compris qu'il s'agissait des dents d'Herbert.

« Donne-moi la boîte », reprit Gott.

Il avait maintenant sorti le revolver de sa poche. Malgré les pansements qui lui couvraient le visage, il me sembla le voir sourire. Je lui tendis les Maltés et reculai à côté d'Herbert.

« Je vais m'en donner à cœur joie », murmura le tueur en pointant son arme sur nous.

Deux coups de feu claquèrent. Herbert porta les mains à son ventre avant de s'affaisser.

« Nick...

— Relève-toi, Tim.

— J'ai reçu une balle.

— Mais non. »

Il regarda ses paumes, qui ne portaient aucune trace de sang, puis examina le devant de sa chemise qu'aucune balle n'avait abîmée.

« Oh !... Désolé », murmura-t-il en rougissant.

Gott avait assisté à cette petite scène d'un regard étrangement vide, et pour cause : deux balles l'avaient atteint dans le dos avant qu'il ait pu tirer.

Une silhouette se profila derrière lui, et ce fut la seconde surprise de la journée. Betty Ménage !

« Bonjour, monsieur Nicholas, gloussa-t-elle de son inimitable voix grasseyante. Vous pouvez vous relever, monsieur Timothy. Nom d'un chien, quelle histoire ! Zut alors ! »

Herbert s'arrêta net, bouche bée, en apercevant dans la main de la vieille femme le revolver qui venait juste d'abattre Gott.

Sans cesser de sourire, Betty ôta son chapeau pour le jeter dans l'herbe. Sa perruque frisottée suivit le même chemin. Puis elle leva une main vers son cou et commença à tirer sur sa peau ridée. Le masque s'arracha, emportant avec lui les rides et le maquillage outrancier, et Betty disparut devant nos yeux, laissant place à une autre femme.

« Qui est-ce ? chuchota Herbert.

— Je te présente Béatrice von Falkenberg, Tim, la veuve du Faucon. Rappelle-toi, Snape nous l'avait décrite comme une ancienne grande actrice. Apparemment, le personnage de Betty a été l'une de ses meilleures compositions.

— Merci, Nicholas », dit Béatrice avec un sourire en jetant un regard circulaire sur le cimetière.

À la façon dont tournaient les événements, je n'aurais pas été surpris de voir soudain surgir son crocodile déguisé en croque-mort.

« Mais... pourquoi ? gémit Herbert.

— Je tenais à retrouver les diamants de mon défunt mari, lui expliqua la veuve. Quand j'ai appris que le nain vous avait rendu visite, j'ai pensé entrer en contact avec vous afin de découvrir ce qu'il vous avait confié. Votre annonce dans le journal pour une femme de ménage m'a fourni le prétexte idéal.

— Gott et Himmel travaillaient à votre service, n'est-ce pas ?

— Vous êtes très perspicace, Nicholas. Comment l'avez-vous deviné ?

— Vous étiez la seule à savoir que nous allions au *Casablanca Club,* répondis-je en haussant les épaules. Or Gott et Himmel sont intervenus à point nommé pour enlever Lauren Bacardi.

— Bravo, Nick, me complimenta Herbert.

— Autre chose, ajoutai-je. Ils ont appris l'existence des Maltés en questionnant Lauren et vous ont aussitôt transmis l'information. Voilà pourquoi vous saviez très exactement quoi me réclamer lorsque je vous ai rendu visite à Hampstead. Ils étaient vos complices.

— Jusqu'à ce que je n'aie plus besoin d'eux, précisa-t-elle en souriant.

— Incroyable ! s'exclama Herbert.

— Pas vraiment, rectifiai-je. En réalité, un doute m'a effleuré quand je l'ai rencontrée chez elle, car elle t'a appelé par ton vrai nom qu'elle n'était pas censée connaître, et elle portait le même parfum à la lavande que Betty. Le seul détail qu'elle ait omis de changer.

— Félicitations, Nicholas, vous êtes vraiment brillant pour votre âge.

— Pourtant il reste un point que je saisis mal, Béatrice. Pourquoi avez-vous tué le nain avant de lui arracher son secret ?

— Un regrettable accident, Nicholas. Gott et Himmel devaient se débarrasser de lui seulement après que je lui aurais parlé. Je comptais le convaincre de partager les diamants avec moi en lui prouvant que c'était son unique chance. Mais il s'est entêté, l'imbécile, il a refusé de m'écouter et sorti son arme. Une bagarre a éclaté et Himmel l'a tué par mégarde. Un accident regrettable, répéta-t-elle avec un soupir. Il ne s'en produira plus. Désolée, mais je ne peux me permettre de vous laisser quitter ce cimetière. Vous êtes des témoins trop gênants... Adieu, monsieur Nicholas, adieu, monsieur Timothy, conclut-elle en reprenant la voix éraillée de Betty.

— Oh, non ! gémit Herbert.

— Inutile, Betty, vous avez commis une petite erreur, l'arrêtai-je. Regardez derrière vous. »

Béatrice von Falkenberg jeta un coup d'œil par-dessus son épaule et son visage s'affaissa comme sous le coup d'une gifle. Puis elle abaissa son arme en éclatant d'un rire nerveux. En une seconde le cimetière s'était rempli de policiers en uniforme. Il en surgissait de toutes parts, des herbes hautes, de derrière les tombes. Snape et Boyle couraient à leur tête.

« Ça alors ! Quelle coïncidence ! s'exclama Herbert.

— Tu crois vraiment à une coïncidence, Herbert ! Hier soir, j'ai téléphoné à l'inspecteur pour tout lui raconter. Je n'allais pas me jeter seul dans la gueule du loup ! »

Herbert en resta bouche bée. Pendant ce temps, Boyle s'était rué sur Béatrice von Falkenberg qui tendait déjà ses poignets vers les menottes, mais il négligea de s'arrêter, se propulsa en avant et roula avec elle dans une parfaite démonstration de pla-quage de rugby. Boyle adorait la violence.

« Vous auriez pu intervenir plus tôt, inspecteur,

reprochai-je à Snape. Nous avons failli nous faire tuer.

— Tu as raison. C'est la faute de Boyle. Il avait envie d'assister au spectacle et, comme c'est Noël, j'ai accepté d'attendre pour lui faire plaisir. »

Boyle continuait de plaquer Béatrice von Falkenberg au sol. Des policiers entreprirent de les démêler, tandis que Snape se penchait pour ramasser la boîte de Maltés.

« Occupons-nous de ce fameux coffre », suggéra-t-il en s'avançant vers le mémorial.

Le faucon de pierre attendait, les ailes déployées, le bec ouvert, ses yeux de verre luisant au soleil. Snape découpa soigneusement le code-barre avant de jeter la boîte, puis glissa le carré de carton dans le bec.

Un léger cliquetis nous indiqua que la connexion fonctionnait, puis il y eut un petit bourdonnement, un déclic, et une face de la pierre tombale s'ouvrit, découvrant un lourd coffret métallique.

Ce fut l'ultime surprise de la journée. Snape allait passer à côté de sa prime de Noël, et nous de notre récompense. Le coffret ne contenait pas un seul diamant, pas même l'ombre d'un vulgaire caillou. Il était tragiquement vide !

20

Le Malté du Faucon

« Nick, je n'y comprends rien, se lamenta Herbert.

— Je t'ai pourtant déjà tout expliqué deux fois, Herbert.

— Peut-être comprendrais-je mieux si tu l'écrivais ?

— J'y penserai. »

Nous avions franchi le cap de la nouvelle année, toutefois je ne percevais aucune différence notable avec l'ancienne. Il faisait froid, le gaz était coupé et, comme d'habitude, nous n'avions pas un sou en poche. Le Père Noël nous avait gâtés, Herbert et moi : deux croquettes de dinde et, pour toute distraction, le discours de la reine dont nous avions d'ailleurs manqué l'essentiel. La carte de vœux et les cadeaux de nos parents n'avaient pas davantage contribué à nous remonter le moral. Herbert avait hérité d'un chapeau en liège (spécialité australienne), et moi d'un boomerang.

J'avais voulu jeter le boomerang mais il était revenu. Il me restait encore deux semaines de vacances avant la reprise des cours. J'aurais aimé les passer à skier, comme la plupart des garçons de ma classe qui me rebattaient les oreilles de leurs exploits à leur retour de la montagne. Je trouvais la vie injuste. Après les épreuves que je venais de traverser, il ne me restait même pas un ticket d'autobus pour me rendre jusqu'à l'agence de voyages.

Puis le colis arriva, en recommandé. Il provenait du sud de la France et m'était adressé personnellement. Je devinai le nom de l'expéditeur avant même de l'ouvrir. En effet, il existait une seule explication au fait que nous ayons trouvé le coffre du Faucon vide, mais je n'en avais parlé ni à Herbert, ni à la police.

« Qu'est-ce que c'est ? demanda Herbert.

— Je l'ignore.

— Eh bien, ouvre vite ! »

Le papier d'emballage brun enveloppait une

petite boîte de la taille d'une pellicule photo. Enfouie au milieu du coton qui bourrait la boîte, je découvris une bille de chocolat au lait.

« Un Malté ! » s'exclama Herbert en pâlissant.

Depuis notre aventure, Herbert détestait les chocolats, en particulier les Maltés.

Un bristol était fixé au dos de la boîte, sur lequel étaient inscrits quelques mots d'une écriture fluide et ronde.

Sans rancune
L.B.

Sans rancune, je n'en étais pas si sûr. Lauren Bacardi m'avait ému avec la triste histoire de sa vie, mais elle m'avait trompé. Elle m'avait délibérément caché les renseignements que le nain lui avait communiqués ou qu'elle avait découverts par ses propres moyens. Quoi qu'il en soit, depuis le début elle était au courant de l'emplacement du coffre du Faucon et je lui avais fourni la dernière pièce manquante du puzzle en lui expliquant le fonctionnement du code d'ouverture, dans les locaux du *Fulham Express*.

Dès ce moment, elle avait décidé de s'emparer des diamants. Son « oubli » accidentel des Maltés dans le bureau du journaliste était en réalité prémédité. En remontant les chercher, il lui avait suffi de copier le code en utilisant la photocopieuse de Clifford Taylor et de me rendre tranquillement la boîte qui ne lui servait plus à rien.

Je l'avais laissée à la station de Fulham avant de rentrer chez moi mais, au lieu de prendre le métro, elle s'était précipitée vers le cimetière tout proche de Brompton. Il faisait beau, ce jour-là. Grâce au soleil et à la photocopie du code, elle avait ouvert le coffre sans difficulté et volé les diamants.

J'étais furieux. Non contente de m'avoir doublé, elle se moquait de moi. Je saisis le chocolat entre mes doigts et l'écrasai rageusement. Pourtant, je ne parvins pas à le briser. Il y avait quelque chose de dur à l'intérieur.

« Herbert, regarde. »

Le chocolat s'était émietté, ne laissant qu'une sorte de noyau qui brillait à la lumière.

« Qu'est-ce que c'est ?

— À quoi cela ressemble-t-il, à ton avis ? »

J'essuyai les dernières traces de chocolat et lui tendis un diamant de la taille d'une cacahuète. Quelle valeur représentait-il ? Dix mille, vingt mille livres ? En tout cas plus qu'une cacahuète.

Finalement, nous pourrions partir skier à la montagne. Herbert se casserait probablement une jambe au moment de monter en avion et nous dépenserions toute notre fortune avant de payer la note de gaz. Mais de quoi me plaignais-je ? Nous étions sortis vivants de cette affaire et, même si les diamants sont éternels, mieux vaut ne pas attendre l'éternité pour profiter de chaque minute agréable qui nous est donnée.

TABLE

« Pour l'éditeur, le principe est d'utiliser des papiers composés de fibres natu-
relles, renouvelables, recyclables et fabriquées à partir de bois issus de forêts qui
adoptent un système d'aménagement durable. En outre, l'éditeur attend de ses
fournisseurs de papier qu'ils s'inscrivent dans une démarche de certification
environnementale reconnue. »

Composition JOUVE – 53100 Mayenne
N° 307134y
Achevé d'imprimer en Italie par G. Canale & C. S.p.A.
32.10.2421.9/04 - ISBN : 978-2-01-322421-5
Loi n° 49-956 du 16 juillet 1949 sur les publications destinées à la jeunesse
Dépôt légal : décembre 2009